उल्टी गंगा

चटपटे क़िस्सों की बयार

प्रवीण कुमार झा

क्रम-सूची

क्रम-सूची

क्रम-सूची

पावती (स्वीकृति)

उल्टी गंगा

लेखक: प्रवीण कुमार झा

© प्रवीण कुमार झा

प्रथम प्रकाशित 2016

प्रकाशक: Bonzuri

आवरण: Zodel Studios

संपादन: अभिषेक कुमार

1

सोने की पाठशाला

चंदू मामा उन मामाओं में से थे, जो रिश्ते में तो मामा होते हैं पर उम्र में समवयस्क। ऐसे मामा उन दिनों के बड़े संयुक्त परिवारों में पाए जाते, जब 'हम दो, हमारे दो' के नारे नहीं लगे थे। इन मामाओं पर बचपन से ही बहुत जिम्मेदारी होती। नाक बह रही होती, पर मामागिरी में सीना तना होता। चॉकलेट पे झपट्टा नहीं मारते, भांजों को लेने देते। कभी नानी से पैसे मिलते तो लेमनचूस फ्लेवर आईसक्रीम खरीद कर भांजों को देते। जब से मैं बंगाली मुहल्ले की छम्मक-छल्लो बबली के पीछे पड़ा, चंदू मामा कभी बबली को आँख उठा के भी नहीं देखते। होने वाली बहू से ससुर नजरें कैसे मिलाए?

पढ़ाई में औसत ही रहे, इसलिए चंदू मामा को नौकरी की तलाश में दिल्ली आना पड़ा। दिल्ली में सबका कुछ न कुछ जुगाड़ लग ही जाता है। एक दिल्ली में, दूजा अमरीका में, हर कोई तरक्की कर ही लेता है।

बिहार में पहली श्रेणी वाले विज्ञान, दूसरी श्रेणी वाले आर्ट्स, और तीसरी श्रेणी वाले कॉमर्स पढ़ते। बम्बई में उल्टा था। तभी बिहार पिछड़ गया, बम्बई तरक्की कर गया। चंदू मामा बिहार के कॉमर्स ग्रेजुएट लक्ष्मीनगर में सी.ए. की तैयारी में लग गए। उन दिनों सी.ए. एक ऐसी पढ़ाई थी, जो साल-दर-साल चलती रहती। अंडर-वर्ल्ड वाला हिसाब था। जो एक बार अंदर जाता, बाहर नहीं निकल पाता। चंदू मामा भी अटके रह गये। जब परिवार का बोझ आया, किसी छोटी कंपनी में बही-खाता संभालने की नौकरी कर ली। टैली-शैली तो सीख ही ली थी।

कुछ ही दिनों में चंदू मामा दिल्ली में सेट हो गये। अब वो दौर आ गया था, जब लोगों ने डिग्री पूछनी बंद कर दी थी। हर तीसरा इंजीनियर होता, और हर चौथा कंप्यूटर डिप्लोमा। अनुभवी और 'स्ट्रीट-स्मार्ट' लोगों की पूछ होने लगी। ये

प्रतिभा तो चंदू मामा में कूट-कूट कर भरी थी। नेहरू प्लेस और साउथ-एक्स के कंप्यूटर दलालों से दो-चार तमगे और लगवा लिए। चंदू मामा भी किसी विभाग में 'वाइस-प्रेसिडेंट' बन गए। नयी 'वैगन-आर' गाड़ी, 'बुरारी' मुहल्ले में कोठी, और बच्चों का बाराखम्बा रोड के 'हाई-फाई' स्कूल में एडमिशन। ये कोई उपहास नहीं, दिल्ली के मुख्यमंत्री हों या आम आदमी, चाहत हर किसी की 'वैगन-आर' गाड़ी होती है। यूँ समझ लें, ये भी दिल्ली में सेट होने की एक परिभाषा है।

गाड़ी का क्या? प्राइवेट बैंक वाले चंदू मामा के घर गाड़ी बांध गए।

गाड़ी-वाड़ी तो महानगरों में चुटकियों का खेल है। असल चक्कर तो स्कूल का है।

⚘

भारत महान कई कारणों से है लेकिन बच्चों के लिये अपनी जिंदगी कुर्बान करने का जज्बा शायद और कहीं नहीं। पश्चिमी देशों में भी नन्हे-मुन्नों पर खूब पैसे बहाते हैं, पर नन्हे-मुन्ने होने की भी 'एज़-लिमिट' होती है। यहाँ तो नर्सरी से खून चूसना शुरू होता है, और फिर चक्रवृद्धि-ब्याज से पिता को कंगाल करके छोड़ता है। पी.एफ., ग्रैच्युटी सब साफ। बेटा तब भी कैरियर ऑप्शन तौल रहा होता है। 'थ्री इडियट्स' से प्रेरणा लेकर हर चलती-फिरती पढ़ाई को लात मार रहा होता है। कहता है मुझे 'वाइल्ड-लाइफ फोटोग्राफर' बनना है। मतलब खून चूसने के नये आयाम।

चंदू मामा की वैसे अभी रक्त-दान की शुरूआत ही हुई थी और भगवान का दिया सबकुछ था। अब तक। (दौलत, शोहरत। इज्जत भी।)

नर्सरी कक्षा के महीने की फीस चंदू मामा के अपने स्कूली जीवन की पूरी फीस के बराबर थी। पर स्कूल भी तो लाजवाब था। सिविल लाइंस के लाट साहबों के बच्चे और चंदू मामा के बच्चे एक ही क्लास में। ड्राइवर छोड़ने आते बच्चे, वो भी बड़ी गाड़ियों में। चंदू मामा की उन ड्राइवरों से दोस्ती भी हो गई थी। ज्यादातर बिहार के ही थे।

बच्चे भी खिटपिट अंग्रेजी बोलने लग गये। चंदू मामा सुर में सुर मिलाते। मामी भी ग्रैजुएट थी। दोनों ने मिलकर 'सिंड्रेला', 'हँसल-ग्रैटल' और सारे विदेशी डायनों, भूत-प्रेतों की कहानी रट ली। आई-पैड पर पढ़ाई करते और टी.वी. पर कार्टून देखते। फीस तो लेते हैं, पर पूरे परिवार को अंग्रेज भी तो बना देते हैं। क्या बुरा है?

हर हफ्ते कुछ न कुछ होम-वर्क भी आता, मामा-मामी की हवाईयाँ उड़ जाती। बच्चे को अपने मनपसंद फल लेकर उसके बारे में बोलना है, अंग्रेजी में।

"मैंगो ठीक रहेगा।" मामा ने सुझाव रखा।

"तुम तो हो ही मैंगो आदमी।" मामी दुत्कारती।

"ठीक है। चीकू कर दें। वह तो दिल्ली का है।"

"हाँ, पर चीकू को अंग्रेजी में कहते क्या हैं?" मामी ने पूछा.

"चीकू तो अंग्रेजी ही है। चलो 'पाइन-ऐप्पल' ठीक रहेगा।"

"भारी होता है पाइन-ऐप्पल। मोनू से न संभलेगा।" मामी ने वाजिब तर्क रखा।

"काट कर दे देंगें डब्बे में।"

मोनू सुबह पाइन-एप्पल काट कर ले गया, उसके शिक्षकों ने खूब चाव से खाया और हथेलियों पर 'स्टार' बनाकर घर भेज दिया। मामा-मामी फूले न समाये।

ऐसे ही कभी फल, कभी फूल। तरह तरह की स्टेशनरी। पेंट, कलर और ब्रश। मोनू को तो 'एम.एफ. हुसैन' बना देंगें ये लोग। अब तो 'स्विमिंग' भी शुरू कर दी। पहली तक शायद घुड़सवारी भी कर ले। मोनू की फ़ीस दिन-दोगुनी रात-चौगुनी बढ़ रही थी। चंदू मामा अब बस से काम पर जाते। पेट्रोल बचाकर मोनू की घुड़सवारी का जुगाड़ करते।

दो-तीन महीने गुजरे तो 'अभिभावक-शिक्षक मिलन' का न्यौता आया। चंदू मामा का तो दिल दोहरी गति से धड़कने लगा। मोनू की मैडम मिस चोपड़ा किसी मॉडल से कम न थी। मामा रोज सुबह कसरत करने लगे। मामी को भी एक हाई-हील सैंडल और काली वन-पीस ड्रेस ला दी। बाल अच्छे लौरियल के हज्जाम से कुतरवा दिये। दोनों 'चिट-फंड' कंपनी के फ्रॉड एजेंटों की तरह नजर आ रहे थे। मामी तो स्कूल की चिकनी फर्श पर कदम रखते ही फिसल कर गिर पड़ी। वन पीस का टू पीस हो गया। बड़ी मुश्किल से सेफ्टी-पिन लगाकर इज्जत बचाई।

मिस चोपड़ा ने मोनू पर 'पावर-प्वाइंट' विश्लेषन तैयार किया था। मोनू न हुआ, अमरीका का राष्ट्रपति हो गया। मोनू का विकास-ग्राफ। मोनू की खूबियाँ और खामियाँ। मोनू का आत्म-विश्लेषन। मोनू का मानसिक झुकाव। मोनू से उम्मीदें। मोनू के लिये हमारे 'टारगेट'। मोनू ये। मोनू वो। चंदू मामा को कुछ पल्ले नहीं पड़ा। इसलिये नहीं कि अंग्रेजी थी। मिस चोपड़ा की नेकलाइन ने चंदू मामा को जिंदा लाश बना दिया था। एक ही बिंदु पर लटक गए थे। भाड़ में गया मोनू। मामी ने भी ताड़ लिया और अगले तीन दिन तक घर में लौकी बनाई।

मोनू पहली में गया, तो पिंकी नर्सरी में। एक के लिए पाइन-ऐपल तो दूजे के लिए सेब। चंदू मामा भी 'ओवर-टाइम' करने लगे, मामी भी एक 'पार्लर' में बाल काटने लगी। मामी गुस्से में हो, न हो। औसतन घर में अब लौकी ही बनती। गाँव से चावल की बोरियाँ लाद कर लाते, और हफ्ते में एक दिन पुरानी दिल्ली से राशन

लाते। सस्ती पड़ती।

स्कूल २६ जनवरी की परेड की तैयारी कर रही थी। मोनू भी भाग ले रहा था। मोनू का स्कूल तो सबसे पहले आयेगा। झंडे को सलामी देगा। बड़ी तमन्ना थी चंदू मामा की परेड देखने की। सालों हो गये दिल्ली में, पर इस रेलमपेल में कभी मौका न लगा। मामी फटी वन-पीस सिलने लगी तो मोनू ने समझाया, ड्रेस-कोड साड़ी है। चंदू मामा ने भी अपना पुराना कुर्ता निकाला। बुरारी में छोटे तिरंगे बिक रहे थे। खोंस ली अपने कपड़ों में।

मोनू देखो बड़े स्कूल जाकर कितना बड़ा हो गया। राजपथ पर झंडे को सलामी दे रहा है। वो देखो तीसरी पंक्ति में चौथा। पता नहीं टी.वी. वाले ठीक से दिखायें या नहीं। चंदू मामा आगे बैठे लोगों के बीच सर घुसाकर विडियो बनाने की कोशिश में थे, पर मोनू की परेड झट से आँखों से ओझल हो गई। मन मसोस कर रह गये पर कोई बात नहीं, अगले साल फिर ले लेंगे। अब तो अपनी जागीर है राजपथ।

चंदू मामा की जीवन-पूँजी हर साल राजपथ पर 'लेफ्ट-राइट', 'लेफ्ट-राइट' करती, और चंदू मामा का सीना तनता जाता। ठीक वैसे ही जैसे बचपन में हम पर लेमनचूस आईसक्रीम न्यौछावर कर सीना तनता।

2

चलो अमेरिका ब्रिगेड

"और कैसे हो रामबहादुर?"

"बस साब बढिया। आपका इस साल पक्का लग जायेगा।"

"शुभ शुभ बोल! अब और कितना लगेगा?"

"नहीं सर! वीजा की बात कर रहा हूँ। हा हा।"

पुनिया बांद्रा-कुरला कंप्लेक्स की इस इमारत में हर साल माथा टेकने आता था। पिछले चार साल से अमरीकी दूतावास वाले वीसा रिजेक्ट कर रहे थे। संतरी से लेकर दूतावास के सारे कर्मचारी पुनिया को अच्छी तरह पहचान गये थे। कोई कमी न थी, बस विक्रम-बेताल के राजा विक्रमादित्य वाली स्थिति थी। जैसे ही काउंटर पर पहुंचता, वो अमरीकी भूतनी कुछ बड़बड़ाती। पुनिया पूछता, "व्हाट?" और वीसा रिजेक्ट। अंग्रेजी के कितने कोर्स कर लिये, ब्रूस विलीस की फिल्में देख ली, पर कुछ पल्ले नहीं पड़ा।

ये अमरीकी होंठों को रबर की तरह कैसे खींच लेते हैं? वो शब्दों की गुलेल बनाते और पुनिया की पीठ पर दे मारते।

पर पुनिया कहाँ मानने वाला था? फिर से बालों में तेल चपोड़ दाँतें निपोड़ लाइन में खड़ा हो जाता। छठी बार वापस भेजा तो सातवीं बार। शायद मानवीयता का आधार रहा होगा, आखिर अमरीका वालों का दिल पसीज ही गया। 'चलो अमरीका ब्रिगेड' के इस कर्मठ सिपाही को अमरीकी वीसा मिल गया।

ब्रिगेड के बाकी सदस्य कब के अमरीका पहुंच चुके थे, बस पुनिया रह गया था। बाकी तो कॉन्वेंट वाले थे, खिटपिट अंग्रेजी बोलते और 'गन्स एंड रोजेज' के गाने गाते। पुनिया ठहरा बाड़मेड़ मध्य विद्यालय का चहेता विद्यार्थी। हमेशा प्रथम आया, अंग्रेजी में भी। बस अंग्रेजी में मूक बधिर। न बोल पाता, न समझ पाता।

खैर, पुनिया अब सपनों के देश में कदम रख चुका था। ब्रिगेड वाले शिकागो के 'ओ' हारा' विमान अड्डे पर पुनिया के स्वागत में खड़े थे। सचमुच सपनों का देश था। अप्सराओं की गोरी टांगें, और उछलते स्तन। शीशों की तिलिस्मी गगनचुंबी इमारतें। हवा से बातें करती गाड़ियाँ।

शिकागो से तीन-चार घंटे दूर अरबाना-शैम्पैन। छोटा सा शहर और शहर से बड़ी यूनिवर्सिटी। अमरीकियों को पढ़ने का शौक हो न हो, विश्वविद्यालय खूब ताम-झाम से बनाते हैं। हर इमारत के बीच इतनी जगह छोड़ते हैं कि कितने चाय-सुट्टा काउंटर खुल जायें, झोपड़पट्टी बस जाए। यहाँ तो वीराना सा है। तीन घंटे के सफर में एक पान की दूकान न दिखी कि बैठकर तफरी की जाए। पुनिया को बाड़मेड़ से बॉर्डर का रेतीला रस्ता याद आ गया। बस ऊँट के बदले टोयोटा कौरोला पर बैठा था।

पुनिया को आगे भी वीराने की उम्मीद थी। भीड़-भाड़ से ही तो भागना चाहता था। जब लोग दारू पीके हंगामा करते, जोर-जोर से चिल्लाते, पुनिया को घुटन महसूस होती। 'आउट-ऑफ-प्लेस' महसूस करता। लोग खूब मज़ाक उड़ाते, और वो मिमियायी सी हँसी हँसता। हिंदुस्तान में दब्बूओं और कमजोर लोगों की जगह नहीं है। जगह तो शायद पूरे विश्व में नहीं है पर कहते हैं अमरीका सबके सपने पूरे करता है। यहाँ पुनिया भी जीयेगा।

पर ये क्या?

चार बेडरूम का फ्लैट और आधा हिंदुस्तान अंदर। कोई नीचे बैठ प्याज काट रहा है। किचेन धुआँ-धुआँ सा है, और एक सांवला सा मोटा-ताजा लड़का लुंगी पहन दाल में तड़का लगा रहा है। दो लोग बाथरूम के आईने में और दो बाहर बेसिन में ब्रश कर रहे हैं, खांस-खड़स रहे हैं। एक हरे तौलिये वाला मुड़कर पुनिया को 'हेलो' करता है, और टूथपेस्ट के छींटे उछलकर पुनिया पे गिरते हैं। बैग रखने की जगह नहीं, बैठने की तो छोड़ो। हतप्रभ अवस्था में जमीन पर बैठ गया, और सामने वाले ने आलू उछाल दिया। सातवीं बार में वीसा पाकर पुनिया अमरीका में आलू भुजिया बनाने में लगा था।

वो फ्लैट ही क्या, पूरी गली और अगली तीन गलियाँ हिंदुस्तानियों का कस्बा था। स्टारबक्स के पीछे से चीनी, वियतनामी, जापानी, कोरियन जो भी कह लो, उनकी बस्ती शुरू होती। फिर डाउनटाउन और उसके आस-पास काले अमरीकियों की और शहर के दूसरे हिस्से में यूरोपी और गोरे अमरीकी रहते। पुनिया के गाँव जैसी। ब्राह्मणों की, बनियों की और पुनियों की। रेगिस्तान का हिरण बन गया था पुनिया। जिन समस्याओं से भागा, वही उसे वापस खदेड़ रही थी।

खैर, जिसने इतनी जहमत करी हो, वो हारने वाला नहीं थी। रेत में पानी ढूँढने की कला भी तो बस पुनिया में थी।

सब नये-नवेले देशी अपना रहने का अड्डा ढूँढ रहे थे। ये तो रैन-बसेरा की शैली में शुरूआती अस्थायी जमावड़ा था ब्रिगेड वालों का। लोग बढ़े तो राज बढ़ा। तीन गली से चार गली। चीनियों की बस्ती के और करीब। उनके भी लोग बढ़ते। जैसे वो हमारा अरुणाचल घपचते, हम उनका तिब्बत। अब तो भारतीय गलियों में भी बंटवारा हो गया था। बंगालियों ने एक गली उठा ली थी आंध्रा के गुल्टियों ने एक। बाकी का देश जैसे-तैसे सिकुड़ा हुआ था। गुज्जुओं और भारतीय मूल अमरीकी पैदाइश देशियों का अलग ही मुहल्ला था। ABCD (अमेरिकन बॉर्न कन्फ्यूज्ड देशी) मुहल्ला।

पुनिया को इन गलियों में नही रहना। उसे अपनी अलग डगर चुननी थी।

विद्यार्थी परामर्श केंद्र से एक ग्रीक जीवन शैली का पता लगाया, जहाँ भिन्न-भिन्न देशों के लोग एक ही मकान में रहते, साथ खाते, मस्ती करते। मकानों के नाम भी कुछ ग्रीक जैसे अल्फा, बीटा, गामा, डेल्ट। भारत में तो बस प्रताप, शिवाजी, इंदिरा, कृष्णा, कावेरी छात्रावास। खैर उसकी भी एक वजह है। दिल्ली की परिधि में ग्रेटर नोयडा में ऐसे ही ग्रीक नामों के मुहल्ले बनाए। रिक्शे वाले 'फाई' के बादले 'साई', 'थीटा' के बदले 'जीटा' ले जाते। रामपुर, वारिसगंज, चतुर्भुजस्थान कितने सुलभ नाम हैं, हर नाम के साथ जैसे पूरे मुहल्ले की शक्ल जुड़ी हुई। अब 'डेल्टा', 'गामा', 'लैम्ब्डा' सब तो एक जैसे ही लगते हैं।

पुनिया स्नातक छात्रों की 'एप्सिलोन' नामक भूत-बंगला नुमा घर में शिफ्ट हो गया। ९ लड़के और ६ गरमा-गरम लड़कियाँ। छोटे कपड़ों में बीन बैग पर बैठ टी. वी. देखती, पुनिया तिरछी आँखों से उन्हें देखता। वो जैसे ही मुस्कुरा कर अभिवादन करती, पुनिया भाग लेता और रूम में घुस कर ठंडी आहें भरता। इतनी गोरी लड़कियाँ और पुनिया एक ही छत के नीचे। यही तो असल समाजवाद है।

उसका रूम पार्टनर जर्मनी से था। हिटलर के गाँव से। आर्यपुत्र। उसकी गर्लफ्रेंड ऑस्ट्रिया से और उसके कई स्तनधारी दोस्त। सब रूम में बैठ बीयर पीते। पुनिया कुछ देर पीछे दुबका रहता, फिर अकुला कर सैर पर निकल जाता। लेकिन वापस जरूर समय से आ जाता। लड़कियाँ जाते वक्त गले लगकर तिरछी चुम्मी दे अलविदा करती। पुनिया इस रस्म का इंतजार ऐसे करता जैसे बच्चा जन्मदिन की रात गिफ्ट खोलने का करता है।

पर इन रंगीन महफिलों के लिये त्याग और तपस्या करनी होती।

खाने-पीने के लाले पड़ गये थे। बाकी तो ब्रेड के बीच उबले चिकन और टमाटर घुसेड़ खा लेते, पुनिया को डुबा-डुबा कर खाने की आदत। सबके जाने का इंतजार करता। पानी की बोतल लेकर बैठता, और ब्रेड को धीरे-धीरे गले से उतारता। निःस्वाद ब्रेड। इससे बेहतर खाना तो उसके ऊंट खाते थे।

एक हफ्ते तक देशी बस्ती में उड़िया मोहांती ने जो लज़ीज खाना खिलाया था, उसकी याद अब तक ताजा थी। पर पुनिया ने उस इलाके में वापस न जाने का फैसला कर लिया था। ब्रिगेड वाले मिलते तो कन्नी काट लेता। उसे बिल्कुल 'यो' बनना था। 'यो' मतलब आधुनिकता का मानवरूप। स्टाइल वाला। जिम में कसरत शुरू कर दी, और हेल्मेट लगाकर साइकल चलाने लगा। पुनिया अब फूनिया बनता जा रहा था।

टॉम-क्रूज जैसा चश्मा, लेदर की जैकेट और लम्बे बाल। पुनिया ऐसे बदल गया था जैसे रेंगते हुए 'लार्वा' से फड़फड़ाती सतरंगी तितली। वैसे क्लिष्ट अंग्रेजी में इसे 'मेटामोर्फोसिस' और खड़ी बोली में काया-पलट कहते हैं। अब समय था अगले पड़ाव में कदम रखने का। और ये पड़ाव और भी हसीन था।

फ्रांस की अप्सरानुमा सहवासिन ने एक दिन भारतीय भोजन की तारीफ कर दी। पुनिया ने भी प्रेशर-कुकर में सीटी मार-मार कर चिकेन बनाए। किचेन से अजीब सी आवाज सुनकर सब नीचे आ गये। पुनिया का चिकेन हिट हो गया। नमक कम था, मसाला चिकेन से निकल कर ऊपर तैर रहा था, पर गोरों ने सब चट कर डाला। उड़िया मोहांती होता तो जम के खामियाँ निकालता। यहाँ देखो। इसे कहते हैं हर प्रतिभा का प्रोत्साहन, जो बस अमरीका में संभव है। देश में तो खाते वक्त इतनी मीन-मेख निकालेंगे। तीखा कम, नमक थोड़ा ज्यादा। अच्छा है पर वो बात नहीं। यहाँ हर स्वाद की इज्जत थी और ईनाम भी ठोस।

लड़कियाँ चिपक कर गले मिली और लड़के उठाकर डांस-पार्टी ले गये। डांस पार्टी तो भारत में भी होती। एक ही हिट गाना डी.जे. से दस बार बजवाते और नागिन डांस करते। यहाँ तो माहौल ही अलग। घनघोर अंधेरा, हरी-नीली लेजर किरणें, और अजीबोगरीब संगीत। सब बदन चिपकाये अश्लील नृत्य कर रहे थे। अब तक पुनिया भी टेस्टोस्टेरोन बाढ़ प्रभावित क्षेत्र बन गया था। अंधेरे में एक बाला के पीछे चिपक कर खड़ा हो गया, और उसकी नंगी पीठ कुत्तों की तरह चाटने लगा। कभी किसी स्त्री के इतने करीब नहीं था, पुनिया सेकंडों में स्खलित हो गया। उस महिला ने पीछे मुड़ कर देखा और नाक सिकोड़ती सर हिलाती भुनभुनाती हुई चली गयी।

पुनिया को थोड़ी आत्मग्लानि हुई और थोड़ी आत्मसंतुष्टि। दिल्ली की खचाखच बसों में जब दोस्त बेवजह लड़कियों से शरीर रगड़ते, पुनिया को घिन आती। इस बेहूदगी से दूर ही रहता। पर आज गोरी से चिपक कर ऐसा लगा जैसे पुरखों का कर्ज उतार दिया। खानदान में किसी ने गोरी से हाथ भी न मिलाया, पुनिया ने तो जंग जीत ली।

यूनिवर्सिटी कैंपस से कुछ दूर 'स्ट्रिप क्लब' का ठिकाना भी ढूँढ लिया। नंगी गोरियाँ देखकर पुनिया की आँखें चौंधिया गयी। बाड़मेड़ में तो औरतें सौ गज के घूँघट में छुपी होती, और यहाँ बदन पे रूमाल तक नहीं। उनमें से एक शरारती अंदाज में पास आकर बैठी, पुनिया पसीने से तर मलेरिया रोगी की तरह काँपने लगा। तीन दिन तक बुखार रहा। रूम में पलट-पलट कर करवटें लेता। अजीब अजीब सपने आते, कभी वो डांस वाली लड़की डायनों की तरह घूरती, तो कभी नंगी लड़कियाँ स्तन से मुँह दबाकर साँस बंद कर देती। पुनिया हड़बड़ा कर उठ बैठता।

पुनिया को अपनी तालीम अधूरी लगने लगी। नारी-शास्त्र का पहला अध्याय उसके गाँव में सीधे सुहागरात में पढ़ते थे। कुछ अश्लील फिल्में कॉलेज वगैरा में देखी थी, पर ये नंगा नाच उसके बस का नहीं था।

आखिर पुनिया मुँह लटकाकर देशी बस्ती वापस आ गया। दोस्तों ने ऐसे स्वागत किया जैसे चोर-उचक्कों की टोली दोस्त के जेल से छूट कर आने पे करती है। पुनिया ने भी सूरमा भूपाली की तरह अपनी बहादुरी के किस्से बढ़ा-चढ़ा कर सुनाये। मनोहर कहानियाँ से मस्तराम तक जितना अश्लील साहित्य पढ़ा था, सब में स्वयं को नायक बनाकर गरमा-गरम कहानियाँ परोस दी। कुछ सच मान कर आहें भरते, जलते-भुनते। कुछ मंद मंद मुस्काते और 'आप की अदालत' शैली में तीखे सवाल करते।

"भाई पुनिया! जब इतनी रंगीन दुनिया थी। तो वापस क्यूँ आया?"

"बोर हो गया। रोज रोज सेक्स नहीं किया जाता।"

"किया नहीं जाता या आवाजें नहीं सुनी जाती। हा हा हा।" दोस्तों ने चुटकी ली।

"मतलब?"

"देख पुनिया! बुरा मत मानना। तू तीसरी दुनिया का तृतीय श्रेणी व्यक्ति है। कोटे से कॉलेज में आया था न? तुझे देश में कोई नहीं पूछता, यहाँ कौन पूछेगा?"

पुनिया गुस्से में मुँह फेर चला गया। मन ही मन सोचा, सालों ने अमरीका में भी कोटे और कैटगरी की बात कर दी। जेनरल कैटगरी वालों ने कौन सा तीर मार लिया? शेख-चिल्ली बने फिरते हैं।

अगले दिन विश्वविद्यालय की पुस्तकालय के लिये सुबह-सुबह निकल गया। ये एक ऐसी जगह थी जहाँ भारतीयों को प्रभुत्व का अनुभव होता। गणित हो या इतिहास, पुनिया ने सब पढ़ रखा था। यहाँ जो गोरियाँ भी थी, उनमें एक सौम्यता थी। उसे लगने लगा अमरीका का मतलब बस नंगा नाच ही नहीं। क्या बस नंगा नाच कर कोई विश्व का सबसे शक्तिशाली देश बन सकता है? इन्हीं ख्यालों में डूबा था कि एक लड़की ने कंधे पर हाथ रख बिल्कुल चेहरे के पास आकर हाथ हिलाया।

ये तो उसकी 'एप्सिलोन' की फ्रेंच दोस्त 'एराबेला' थी।

यूँ तो पुनिया और एराबेला जैसे ईमली और आम। कोई मेल ही नहीं। पर दोनों की अंग्रेजी लगभग एक ही स्तर की थी। लिखित-मौखिक मिलाकर पुनिया की थोड़ी ज्यादा बेहतर। पर वो बंगालियों की तरह मुँह गोल-गोल कर बड़ी मीठी अंग्रेजी बोलती।

एराबेला एस्ट्रोफिजिक्स यानी खगोल भौतिकी में स्नातक कर रही थी, और पुनिया गणित की किसी विधा में। पुनिया ओलंपियाड विजेता भी रह चुका था और गणित के कीड़े-मकोड़ों की दुनिया में बड़ा रस आता। एराबेला ने उसे कॉफी पीने का इशारा किया, पुनिया भी अपनी लटकती जींस संभालते चल पड़ा।

पुनिया टाँगे फैलाते खटर-खटर आवाज करते चलता, एराबेला ऐसे संभल कर चलती जैसे कैन्स फिल्मोत्सव के रेड कार्पेट पर चल रही हो। सधी नाक। गालों के केंद्र में एक लाली। बालों के बीच खोंसी हुई एक डंडी घने रेशमी बालों का भार बड़ी नाजुकता से संभाले हुए। ऐसी नाजुकता और लचीलापन पुनिया के गाँव की उन औरतों में भी थी जो बाँहों तक सफेद मोटी चूड़ियाँ पहन सर पे मटकों का ताज रख चलती। बस उन्हें खगोल-शास्त्र का ज्ञान नहीं था।

ये कब और कैसे हुआ सिलसिलेवार याद नहीं, पर पुनिया और एराबेला के बीच प्रेम पनपने लगा। कड़ी शायद गणित और खगोल-शास्त्र के अल्फा-बीटा रहे हों। ब्रिगेड में तो जैसे हड़कंप मच गया। एराबेला जब भी कमरे में आती, सब आँखे फाड़ कर देखते। हाफ-पैंट वाले भाग कर कपड़े बदल टाँगे ढक कर आते, और एराबेला के पीठ से झाँकते ब्रा के एलास्टिक धागे दिखते। पर पुनिया को शायद अब वो स्ट्रैप नहीं दिखते। वो क्या कहते हैं- 'मेटामॉर्फोसिस' हो चुका था। कायाकल्प।

वो निर्विकार बातें करता भारत की, अपने राजस्थान की। अराबेला फ्रांस की। संस्कृतियों का मिलन था, पलायन नहीं। अराबेला झूम-झूम कर नाचती, जैसे गा रही हो,

"नीम की निम्होरी म्हारो खारी लागे, मिश्री को बाग लगादे रसिया।"

3

पेशेंट दादा

"की दादा? की खोबोर?"

"बढ़िया, आप सुनाओ!"

"बस वही! धंधा मंदा हो गया है। मरीज कम हो गये हैं." डॉक्टर अवस्थी ने मिमियाते हुए कहा।

"एक किडनी वाला मरीज है। चलेगा? दिमागी मरीज अभी तो कोई नहीं।"

"हाँ। भेज दो! कोई भी चलेगा।"

अगली सुबह फटे-चिथड़े कपड़ों में एक मरीज और साथ में दस लोग डॉ. अवस्थी के क्लिनिक पहुंचे। और सबका सरगना एक पुरानी सी पीली 'कैप' पहने 'पेशंट दादा'। मरीजों के सबसे बड़े दलाल थे। हर वक्त कई मरीज उनके पॉकेट में होते। तभी सभी डॉक्टर 'पेशंट दादा' बुलाते।

डॉ. अवस्थी अभी-अभी ऑस्ट्रेलिया से लौटे थे, और काफी डिग्रियों वाले मानसिक रोग विशेषज्ञ थे। लेकिन प्रैक्टिस जमने में बहुत पापड़ बेलने थे। पेशंट दादा ऐसे ही डॉक्टरों का उद्धार करने वाले समाज सुधारक थे।

डॉ. अवस्थी किडनी की दवायें तो भूल गये थे, कुछ नींद की गोलियाँ लिख दी और कुछ 'डिप्रेशन' की।

अक्सरहाँ ये दवाएँ नशे का काम करती, और हर किसी पे चल जाती। पेशंट दादा की भी जेब गरम हो जाती, और डॉक्टर साब की भी। सब का भला करते पेशंट दादा।

जब मैंने नयी-नयी प्रैक्टिस शुरू की थी, दादा के पास एक पुरानी मोपेड होती थी। अब ह्युंडाइ की 'वरना' गाड़ी चलाते है।

हर बंगाली को कुछ अलग शौक भी होता है, दादा को फोटोग्राफी का था। सबसे नया नवेला जापानी कैमरा होता दादा के पास, चाहे जितनी भी कीमत हो।

"इतना कमा कैसे लेते हो दादा?" मैंने कौतूहलवश पूछा।

"साहब। ये भारत की 'एवरग्रीन इंडस्ट्री' है। जितना प्रदूषण हो, टेंशन हो, मंदी हो। मरीज बढ़ेंगे। घटेंगे नहीं।"

"हाँ, पर वो तुम्हारे पास कैसे?"

"सरकारी अस्पताल की भीड़ से उठाता हूँ या किसी बड़े डॉक्टर की लंबी कतार से।"

समाजवादी थे पेशंट दादा। मरीजों की भीड़ को भूखे-नंगे डॉक्टरों में बराबर बाँट देते।

ताज्जुब फिर भी होता कि इतने बंगाली मरीज आते कहाँ से हैं?

कहते हैं बंगाल में एक सौम्यता है। ठहराव है।

50 साल पहले के कलकत्ता में और अब के कलकत्ता में ऊपर से कुछ फर्क दिखे भी, अंदर से कुछ ज्यादा नहीं बदला। एक सॉल्ट लेक का इलाका छोड़ दें तो बाकी का कलकत्ता लगभग वहीं ठहरा है। जैसे घड़ियाँ रूक गई हो। वक्त ही वक्त हो। ताश की गड्डियाँ निकालने का जी करे या उँगलियों में सिगरेट फँसाये अखबार पलटने का।

मुंबई की चर्च गेट पर रास्ता भटक गया। जिससे पूछूँ, वो कुछ बड़बड़ाता तेजी से आगे बढ़ जाए। दो मिनट में पलकों से ओझल। हर कोई 'पीक आवर' की भीड़ से बचने की दौड़ लगा रहा है।

वहीं कलकत्ता में चौरंगी में एक भद्र मानुष से रास्ता पूछा। बस अगले चौराहे से दायें जाना था। पर उन्होंने उस जगह पहुँचने के दर्जन भर रास्ते बता दिये और उफ्फ तक नहीं की। जैसे ही धन्यवाद कह आगे बढ़ता, हाथ पकड़ लेते। फिर से समझाते। इतने में दो-चार लोग और आ जाते। सब वाद-विवाद करने लगते कि कौन सा रास्ता सबसे छोटा है? आस्तीनें चढ़ गयीं, मुँह-नाक लाल कर लड़ने लगे। मैं आखिर जान बचा चुपके से खिसका।

कलकत्ता चिकित्सा का भी पुराना केंद्र रहा। देश के सबसे पुराने अस्पताल कलकत्ता में मिलेंगे। पुराने अस्पताल। पुराने डॉक्टर। पुराने मरीज।

अन्य महानगरों में बच्चे खाँसते हैं तो अस्पताल आ जाते हैं। यहाँ फेफड़ा जब तक खाक नहीं हो जाता, अस्पताल नहीं आते। बीमारियों को इज्जत देते हैं। उन्हें बढ़ने का, सड़ने का हक देते हैं।

"साहब, ये छौ साल पहले नीम की टहनी से दातून कर रहा था। ऊपर से एक पेड़ की शाखा गिर कर सर पर लगा। वो दातून गाल के अंदर घोस गया। निकालना है।" पेशंट दादा बोले।

एक मरीज जिसका एक गाल सूजकर लाल फुटबॉल बना हुआ था, कमरे मे दाखिल हुआ।

"छह साल से क्या कर रहे थे?"

"दूसरी तरफ से दातून!!!!"

४ घंटे के आपरेशन के बाद पुराने दातून की अस्थियाँ और सड़ांध निकाली गई।

लाख रूपये का ऑपरेशन और पेशंट दादा की चांदी। लोग इसी तरह दातून घुसेड़ते रहे और दादा की तरक्की होती रही।

बंगाल से गाड़ियाँ भर-भर के मरीज बैंगलूर तक आते। मिदनापुर से। सिलीगुड़ी से। 24 परगना से। और कुछ तो बांग्लादेश से।

हर मरीज पोटली बाँध रूपये लाता, और अस्पताल की भीड़ में लाइन लग जाता। उसी भीड़ में 'पेशंट दादा' कभी मरीज, कभी वार्डब्वॉय बन घुस जाते। बनारस के पंडों की तरह बंगाल के हर शहर-गाँव की नब्ज पे पकड़ थी। कुछ न कुछ रिश्तेदारी निकाल लेते।

सबको एक धर्मशाला नुमा किराये की मकान में ठूँस देते। और फिर डॉक्टरों को ऐसे फोन लगाते जैसे फिरौती की रकम मांग रहे हों।

हर बड़े से बड़े और छोटे से छोटे अस्पताल में खाता चलता। पोटली के हिसाब से सेटिंग होती।

"दो आँत के कैंसर हैं और एक ब्रेन ट्यूमर। पाँच लाख का माल है साब। एकदम कड़क कैश पार्टी।"

"कल सुबह ले आओ। और किसी को मत देना। पिछली बार जैसे धोखा नहीं।" अस्पताल से जवाब आता।

"सर! ये मरीज तो बस आपके बड़े डॉक्टर ही संभाल पायें। पिछली बार तो छोटे-मोटे मरीज थे।"

हर तरह का स्टॉक था दादा के पास।

हर मरीज दुआयें देकर जाता। दादा उनकी नजर में साक्षात् नारद मुनि। भगवान के द्वार तक ले जाने का जरिया।

शायद इन्ही पुण्यों की वजह से पेशंट दादा की अब तक की सबसे बड़ी लॉटरी लगने वाली थी। बबला घोष यूँ तो गाँव के धनाढ्य जर्मींदार थे, लेकिन कभी स्कूल भी नहीं गये। करोड़ों की संपत्ति और अकूत जायदाद। राजसी ठाठ थे और जीवन

में कोई समस्या नहीं। सिवाय एक।

जब भी शौच को जाते, बवासीर के दर्द से कराह उठते। ऐलोपैथी से होमियोपैथी तक सब देख लिया, कोई राहत नहीं।

पड़ोसी गाँव के ज़मींदार अभी-अभी बेंगलूर से नयी किडनी लगवाकर लौटे थे।

"गजब शहर है। किडनी, लिवर जो बदलना है, नयी लगा देते हैं।"

"मेरा तो बवासीर है। उसमें क्या बदलना?"

"क्यूँ? नया पिछवाड़ा लगा लो। बैंगलूर में सब होता है।"

आईडिया दमदार था। न रहेगा पिछवाड़ा, न बचेगा बवासीर। कुछ चेले इकट्ठे किये, और चल पड़े बैंगलूर। पेशंट दादा को पहले ही खबर करवा दी थी। स्टेशन लेने आ गये।

बवासीर के तो कई विशेषज्ञ थे लेकिन ये 'पिछवाड़ा ट्रांसप्लांट' की तकनीक किसी के पास नहीं थी।

इतने बड़े करोड़पति को हाथ से जाने देना भी बेवकूफी थी। आखिर शहर के नामी-गिरामी सर्जन से 50 लाख की बात तय हुई। दस प्रतिशत यानी 5 लाख पेशंट दादा के।

प्लास्टिक सर्जरी के मुखिया थे। देश की कई सेलिब्रिटी हस्तियों के स्तन इन्होने ही लगाये थे। कुरूप को झटके में सुंदर बना दें। लेकिन ये केस बड़ा पेचीदा था।

पहले तो कोई 'डोनर' ढूँढना पड़ेगा, जो अपना पिछवाड़ा दे।

किडनी रैकेट वाले उस्ताद बुलाए गये। उन्होनें पैसों के लिये पिछवाड़े देने वालों की परेड करवा दी। कहाँ बंगाल के 'संदेश' मिठाई और रसगुल्ला खाने वाला गोल-मटोल पिछवाड़ा और कहाँ कर्नाटक के गाँवों के सिकुड़े कूल्हे। कोई मैच ही न मिले।

पेशंट दादा ने दिन-रात एक कर दिया। बबला घोष के पिछवाड़े की फोटो निकाली, और बसों में, मॉल में, सड़कों पर पिछवाड़ा मिलाते फिरते।

बाकी अस्पतालों को इस बड़े पार्टी की खबर मिली, उन्होनें 15-20% तक शेयर ऑफर कर दिया। डॉक्टर साहब वही रहेंगें, ऑपरेशन यहाँ करवा लो।

रातों-रात बबला घोष दूसरे अस्पताल शिफ्ट। दूसरे से तीसरे।

बबला घोष अकुता गये और वापस जाने की ठानी। सामान तो कुछ था नहीं, यूँ ही बिस्तर से उठे और निकल पड़े।

50 लाख का मरीज गायब। शहर में रेड एलर्ट सा माहौल हो गया। एम्बुलैंसों की रेस हो गई। आखिर बैंगलूर की मारतहल्ली पुल पर सुस्ताते मिले। ड्राइवरों की लड़ाई चालू हो गई। पैसे की लेन-देन हुई तो एक अस्पताल ने बबला पर कब्जा

किया। हाथ-पाँव बांध उन्हें अस्पताल लेकर आये।

पेशंट दादा पिछवाड़े की तस्वीर लिये हताश बैठे थे। डोनर मिल नहीं रहा था, और मरीज भागने की कोशिश में था। खजाना हाथ से फिसल रहा था।

तभी सामने आईने में कुछ वो दिखा जिसकी उन्हें कब से तलाश थी। दादा का अपना पिछवाड़ा तो हूबहू बबला जैसा था। मतलब घर में छोरा, शहर में ढिंढोरा।

अगली सुबह ही पेशंट दादा ने अपना पिछवाड़ा दान कर दिया। अजी महादान कहिये।

बबला घोष ब्रांड-न्यू पिछवाड़ा लेकर रवाना हो गये।

पेशंट दादा को दस लाख रूपये तो मिले, लेकिन साथ में बबला घोष का एक्सचेंज में पिछवाड़ा भी। वो अब शौच में कराहते रहते हैं, चाल बदल गई है और फोटोग्राफी का शौक भी खत्म। मरीज-व्यापार का सरगना सरेंडर कर चुका था। कई छिट-पुट एजेंट आये, लेकिन पेशंट दादा जैसी न कला, न आदर्श।

खबर बंगाल में आग की तरह फैली। ट्रेन भर-भर कर बवासीर के मरीज ये 'ट्रांसप्लांट' करवाने आ रहे हैं। बस 'डोनर' नहीं मिल रहा।

4

फ़ेसबुक चौपाल

हीरा साव की दूकान पर भीड़ तो आम थी, लेकिन क्रिकेट के मौसम में भीड़ ज्यादा होती। राहुल द्रविड़ जितनी बार 50 रन बनाते, सबको चाय मुफ्त। और गर छक्का लगाते, कॉफी मुफ्त।

कॉफी तो खैर कम ही नसीब हुई, चाय बहुत पी।

खानदानी जुनून था। हीरा साव के पिता भी दिलीप वेंगसरकर के छक्के पे कॉफी पिलाते। क्रिकेट सांख्यिकी की माने तो लगभग 200 इनिंग में तकरीबन 15-16 ही बार कॉफी बनी होगी।

इस चक्कर में कितने लोग रेडियो में कान लगाये हीरा साव की दूकान में चाय सुरक गये होंगे। अब वेंगसरकर सा'ब छक्का मारें तो कुछ राहत मिले।

खैर क्रिकेट अपनी जगह थी, ये तो मन बहलाने का अड्डा था। अंतर्राष्ट्रीय मुद्दों से लेकर मोहल्ले की लड़कियों तक की चर्चा होती। कुछ सुबह से जमे रहते, कुछ आते-जाते रहते और कुछ स्कूटर रोक हल्की सी चुटकी ले खिसक लेते।

धीरे-धीरे ये भीड़ छँटने लगी।

सत्येन जोशी और इमरान अली भी हीरा साव के नुमाइंदे थे कभी। खासकर चुनाव के वक्त लंबी-लंबी बैठक होती। गरमा-गरमी भी। इमरान अली खानदानी कांग्रेसी और सत्येन बी.जे.पी. के कट्टर समर्थक।

"कुछ भी कहो, राजनीति करना और देश चलाना। दोनों में निपुण है कांग्रेस।" इमरान अली शुरूआत करते।

"ये चलाना भी कोई चलाना है! लूट के खा गये देश।"

"लूटते तो सभी हैं। एक पार्टी बताओ, जिसमें दागी न हो।" इमरान अली चाय में डोनट डुबाते पूछते।

"तुमलोग तो साले बोलोगे ही। तुम्हें तो सर पर बिठा कर रखते हैं।" सत्येन मुस्कियाते कहते।

"आ गये न अपनी औकात पे। तुम्हारी पार्टी को तो बस यही सूझता है।"

गरमा-गरमी और बढ़ती। आस-पास वाले भी तर्क-कुतर्क रखते। चंदू सेठ की दूकान को चलाने में इनका बड़ा हाथ था। कितना भी झगड़ें, फिर अगले दिन वही ड्रामा लेकर बैठ जाते।

पर पिछले कुछ दिनों से आना-जाना बंद हो गया।

सत्येन कभी-कभी सामने की किराने की दूकान में सामान लेते दिखते। इमरान अली तो वो भी नहीं। हीरा साव का धंधा मंदा पड़ गया। कोई ऐसी-वैसी बात तो नहीं हो गई? कहीं सत्येन ने फिर से कोई जाती अपशब्द तो नहीं कह दिया? ये है ही मुँहफट! पिछली बार कहा था, इमरान को मनाने सत्येन को मुसलमानों की बस्ती जाना पड़ा। बहोत क्षमा-याचना की, तभी इमरान माने।

हीरा साव से आखिर रहा न गया।

दूकान से ही आवाज दी, "क्या हो गया सर? आजकल जोड़ी नजर नहीं आ रही?"

"हाँ चंदू! टेक्नोलॉजी का जमाना है। अब तो सारी जिरह फेसबुक पे हो जाती है। हा हा हा!"

"अच्छा! तो ये मुये फेसबुक का किया धरा है। पर वो चाय की चुस्की वाला असली मजा कहाँ?"

"उससे भी कहीं ज्यादा? बात यहाँ लिखो, अमरीका वाले वहाँ ताली बजाते हैं।"

सत्येन और इमरान अब फेसबुक पे लड़ते। हथियारों का भंडार था फेसबुक। एक से एक मसालेदार साक्ष्य! हर रोज नये खुलासे। नये बुलेटिन निकलते। एक हजार लोग 'लाइक' करते, कई हजार कमेंट। गालियों के दंगल छिड़ जाते।

हर पार्टी के अपने प्रचारक। खूब बढ़ा-चढ़ाकर मसाला तैयार करते।

जब इमरान अली को लगा कांग्रेसियों का पलड़ा नीचे है, घबड़ा गये। नेहरू और गांधी परिवार की तो खिल्लियाँ उड़ रही थी। इतिहास के तोड़े-मरोड़े साक्ष्य और रोज नये चुटकुले। थोड़े दिन हर बाण को इतिहास के पन्नों से काटने की कोशिश की, पर आखिर थक कर बैठ गये। बात बात पर खिसिया जाते।

फलाँ गाँव में हिंदूओं ने एक मुसलमान को पीटा, और उसकी पीठ फेसबुक पे घूम रही है। इमरान अली ने भी 'शेयर' कर दिया। सत्येन जोशी नें जवाब में एक पिटे हिंदू की पीठ लगा दी। गिन लो किस में ज्यादा घाव हैं? तीन दिन तक पीठ-पीठ खेलते रहे। अकुता गये। किसी ने कहा सन्नी देवल की 'पीठ' की फोटो थी। ये हादसा ही नकली था। सबूत के तौर पर 'घायल' सिनेमा से हूबहू उसी पीठ की फोटो

भेज दी। सत्येन हँसने लगे तो उनकी पीठ भी गलत निकली। 'माचिस' सिनेमा से चंद्रचूड़ सिंह की पीठ। हद हो गई।

लोकसभा के चुनाव निकट आ रहे थे। फेसबुक पे रोज चौपाल बैठती। शौच करते भी लोग फेसबुक पे 'अपडेट' देखते रहते।

इमरान अली को भी एक नयी जोशीली पार्टी मिल गयी थी। आम आदमी पार्टी। चुटकुले तो इधर भी बहुत थे, लेकिन फिल्मी जोश था। इन्कलाबी। कांग्रेस तो वैसे भी फुस्स हो गयी थी।

सत्येन जोशी बी.जे.पी. के एक से एक तीर चलाते, और इमरान भी अपनी मिसाइल फेंकते।

"जोशीजी! वाजपेयी जी का जमाना गया। आपकी पार्टी तो मुसलमानों को जीने न दे।"

"वो सब पुरानी बातें हैं। अब विकास की गाड़ी चलेगी बस।" सत्येन ने 'रिप्लाइ' किया।

"उनकी बातों से तो नहीं लगता। ये देखो फलाँ नेता ने मुसलमानों के लिये क्या कहा?" इमरान अली ने एक अखबार का लिंक शेयर करते लिखा।

"तो क्या गलत कहा? तुमलोग साले खाते यहाँ की हो, और गुणगान पाकिस्तान की करते हो।"

सत्येन जी के इस कमेंट को धड़ाधड़ 30-40 लाइक, और कुछ लोगों ने शेयर भी कर दिया।

इमरान अली घबड़ाकर दुबक गये। या मौके की तलाश में छुप गये। इतने में किसी नेता पे एक 'स्टिंग' मिल गया। कोई बड़े नेता विधानसभा में अश्लील फिल्में देख रहे थे.

"हाँ जी। अब बोलो सत्येन साहब।"

"अब क्या हो गया? आप नहीं देखते क्या?"

"दफ्तर में तो नहीं देखता।"

"अरे छोड़ो। तुम लोग तो पैदाईशी ठरकी हो। बच्चों की फैक्ट्री चलाते हो।"

रोज-रोज सत्येन ऐसे ही कुछ जाती टिप्पणियाँ करते, और इमरान खून का घूँट पी कर रह जाते।

साल दर साल सत्येन के साथ चाय पीते बिताए पर ये आक्रामकता कभी न थी। इमरान अली को नफरत सी हो रही थी, और सत्येन को खुशी। धूल चटा दी मुल्ले को।

दोनों के संवाद बंद हो गये। एक दूसरे को 'ब्लॉक' कर दिया।

क्रिकेट का वर्ल्ड कप और भारत-पाकिस्तान के बीच मुकाबला।

हीरा साव की दूकान पे हल्की सी चहल पहल थी। विराट कोहली के ५० रन पर चाय फ्री और 100 रन पे कॉफी की बात हुई। खबर उन तक कैसे पहुँची ये नहीं कह सकता, पर इमरान अली आज दूकान पर मौजूद थे। शिखर धवन और कोहली गुल खिला रहे थे, और पूरे दुकान में उत्सव का माहौल था। कोहली के ५० ताबड़तोड़ बन गये, और चाय तो बस थोड़ी ही देर में पिलानी पड़ गई।

कोहली ने शतक भी लगाया और कॉफी के दौर भी चले।

पाकिस्तान की इनिंग चालू हुई तो चौराहे पर सत्येन जोशी भी आए। किराने की दुकान से हीरा साव की चाय टपरी आज खास दिख रही थी। रहा न गया। जैसे पुराना दौर याद आ गया।

दुकान पहुँचे तो इमरान अली दिखे। दोनों ने मुँह फेर लिये। फेसबुक की झिकझिकी का जख्म अभी ताजा था।

पाकिस्तान के सारे विकेट गिर रहे थे, लेकिन मिस्बा-उल-हक कुंडली मार कर बैठे थे। उन्हें आउट करना जरूरी था।

इमरान अली ने मिस्बा के विकेट पर कोल्ड-ड्रिंक पिलाने की मुनादी कर दी। और आउट होते ही नाचने लगे। सत्येन भी उछल कर गले मिल गये। फासले मिट गये।

सत्येन ने फेसबुक पर 'अपडेट' किया 'इन्जॉयिंग इंडिया विक्टरी विथ इमरान अली'।

'लाइक' कितने मिले मालूम नहीं पर दोनों अब हीरा साव की दुकान पर रोज चाय पीते दिखते हैं।

5

मिलिट्री वाली बहू

एक मकान के दलाल ने 'वाटर-फ्रंट लेक-व्यू' घर की तस्वीर भेजी। मूलतः, एक तालाब के किनारे लगा घर।

तालाब होगी तो जलकुंभियाँ भी होंगी, मच्छर भी होंगें। कुछ मल्लाहों के झोपड़े भी। उनके नंगे श्यामल बच्चे नहायेंगे और साइकिल के टायर लेकर तालाब की चारों और घुमायेंगे। उनकी कमर में लगा एक झुनझुने वाला कमरबंद हमेशा कानों में खनखनाएगा। तालाब का पानी मटमैला होता जायेगा। रेलवे गुमटी के किनारे की बस्ती वाले रोज सुबह शौच करेंगे। मच्छरों की तादाद और तालाब की बदबू चक्रवृद्धि ब्याज से बढ़ेगी। बाल्कनी में निकर पहनकर बैठूँगा और हर दो मिनट में अपनी ही नंगी जांघों और टांगों पे मच्छर मार-मार कर बदन लाल कर लूँगा।

दिल सिहर उठा। तभी आभास हुआ, यूरोप में बैठा हूँ। 'लेक-व्यू' का मतलब खिड़की से बिकनी-धारी गोरी बालाएँ धूप सेंकती दिखेंगी।

मच्छर रंगभेदी हैं, इसमें कोई दो मत नहीं। सांवले और गेहुएँ भारतीयों को मलेरिया वाले मच्छर मिले तो काले अफ्रिकीयों को मोटे ईबोला और चिकुनगुन्या के मच्छर। गोरों को मच्छर नहीं काटते।

गोवा के मोर्जिम बीच में बड़ी मशक्कत से कमरा मिला। कुछ लोग इसे न्यूड बीच भी कहते हैं, और शायद ठीक ही कहते हैं। गोरे तो वाकई नग्न ही लेटे थे, हम कुछ स्वदेशी लंगोट में लेट गये। मच्छरों ने एक-एक भारतीय मित्र को चुन-चुन के लाल कर दिया। गोरों को छुआ तक नहीं।

खैर मच्छरों की अपनी संकीर्ण मानसिकता है, जिसे मर्जी काटें।

मेरे मित्र गोरखपुर वाले दुष्यंत दूबे, वैसे तो हाई-फाई बिरला स्कूल की पैदावार थे, लेकिन बिल्कुल मिट्टी से जुड़े हुए। उनके पिता कंठी वाले वैष्णव ब्राह्मण। पुत्र ने ब्रह्मचर्य का फैसला लिया, पर जब यौवन की खुड़क चढ़ी तो एक-पत्नी धर्म पर मन को मना लिया। सीनियर दूबे जी ने पुत्र के इस संकल्प में एक धारा और लगा दी कि बहू संस्कारी और वैष्णव ब्राह्मण ही हो।

पिता-पुत्र के धर्म एक साथ भंग हुए।

पुत्र को एक छोटी स्कर्ट वाली एंग्लो इंडियन लड़की से प्रेम हुआ, और दूबे जी के घर केरल के शिक्षक नायर साहब किरायेदार बनकर आए। दोनों ही गोमांस-भक्षक। गोरखपुर में गोमांस तो मिलना नामुमकिन था, नायर साहब केरल से मछली के चिप्स लाए थे। वही छत पर सुखाते। उधर वो छत पर चिप्स बिखेरना शुरू करते, इधर दूबेजी अगरबत्तियों की लड़ी लगा देते। मोटी रकम किराये पर देते, इसलिए दूबेजी भी कुछ न कहते।

जेनीफर और दुष्यंत दूबे की जोड़ी बिल्कुल 'अपोजीट्स अट्रैक्ट' यानी विपरीत आकर्षन के सिद्धांत पर थी। पता नहीं उसे दुष्यंत में क्या दिखा, ये सवाल जेनीफर को पसंद करने वाला हर आदमी पूछता। कभी-कभी मैं भी पूछता। यूँ तो साँवली थी, लेकिन फैशन का बड़ा शौक था। कभी तौलिया-नुमा काली स्कर्ट डाल लेती, तो कभी जींस को चूहों से कुतरवा लेती। इसी तरह से कुर्ती, टॉप और बालों के भी भिन्न-भिन्न रूप रोज नजर आते।

और दुष्यंत वही गोबरगणेश गोरखपुरी। जेनीफर को 'गोदान' और 'गबन' अंग्रेजी में अनुवाद कर सुनाते।

कॉलेज में कुछ सच्चे प्रेम के पुजारी और कुछ नास्तिक खुराफाती होते हैं। उस वक्त मैं दूसरी श्रेणी में था। लेडीज हॉस्टल की सीढीयों पर कुछ महिला-मित्रों के साथ दुष्यंत-जेनीफर के संवाद कान लगा कर सुन रहा था।

"एक बात बताओ जेनीफरsssss" दुष्यंत जब जेनीफर कहते तो जेनी अलग और लंबा सा फरsssss। जैसे अचानक उछलने से टाइट-पैंट बीच से फट गई हो।

"यस दुष्यंत!" जेनीफर अपनी छोटी स्कर्ट के अंदर टांगों को एक दूसरे के ऊपर रखकर कुछ शरारती आंखों से टकटकी लगाकर पूछती।

"तुमको मच्छर नहीं काटते? ऐसे कपड़े पहनती हो।" दुष्यंत भोलेपन से पूछते।

"नो स्टूपिड!" जेनीफर दुष्यंत के कंधे पर मुक्का मार कर खिलखिला कर कहती, और दूबेजी झेंप जाते।

क्या समझे? मच्छर एंग्लो-इंडियन को भी नहीं काटते। ये तो रंगभेद की पराकाष्ठा है। हो सकता है, कुछ आनुवंशिकता या जेनेटिक बनावट का मामला

हो। क्यूँकि तर्क से देखें तो, मैं गर मच्छर होता तो जेनीफर की नंगी टांगों को खूब काटता। भला दूबे में क्या रखा है?

जेनीफर कट्टर मांस प्रेमी, और दूबे घास-फूस वाले। उनकी सौ टका शुद्ध अंग्रेजी, और दूबे जी की खालिस पूर्वांचली हिंदी। जेनीफर की शरारत और स्वच्छंदता, और दूबे जी का निर्विकार भोलापन। कई संबंध देखे पर ऐसी खिचड़ी लाखों में एक थी।अजी करोड़ों में एक कहिये।

जेनीफर और दुष्यंत का प्रेम बलवंत होता गया, और आखिर विवाह भी हुआ। गोरखपुर से बारात ऐसे आई, जैसे गीता प्रेस और ऑक्सफोर्ड प्रेस का ऐतिहासिक विलयन हो रहा हो।

◌

कुछ अरसे बीत गये। ऐसे-ऐसे कितने जेनीफर और दूबे कालांतर में विलीन हो गये।

हैदराबाद बंजारा हिल्स के हार्ड रॉक कैफे में कर्णभेदी रॉक संगीत का आनंद ले रहा था। कुछ दो टेबल दूर अजीब सी नागिन नाच करते और सर हिलाते दुष्यंत दूबे।

पुराने मित्र जब ऐसी जगहों पर मिलते हैं, भूचाल आ जाता है। गालियों की बरसात, जोर-जोर से चिल्लाना, औकात से ज्यादा दारू और फिर एक गंभीर सन्नाटा। सिगरेट के कश और दुखभरी दास्तां।

जेनीफर शादी के कुछ दिनों बाद भारतीय नौसेना में कमीशन हुई और दुष्यंत की गाड़ी परंपरागत शिक्षा से चलती रही। गोरखपुर जाती तो जैसे-तैसे साड़ी बांधती, पर घंटे-दो घंटे में अपने स्कर्ट अवतार में आ जाती। नेवी ऑफिसर थी, सीनियर दूबे जी भी रूढ़िवादिता नहीं थोप सके।

विशाखापतनम में जेनीफर और दुष्यंत हँसी-खुशी रहने लगे। जेनीफर मित्रों के साथ पार्टियाँ करती, दुष्यंत अध्ययन-यापन करते रहे। अपनी-अपनी शैली। जीने का ढंग। अपनी स्वतंत्रता। कुछ दोस्त कान भरते, मजाक उड़ाते, चरित्र पर भी सवाल उठाते। पर दुष्यंत अखंड प्रेम में विश्वास करते थे। जेनीफर पर कभी उंगली भी नहीं उठाई।

और उठाते भी कैसे? आज भी जेनीफर उनसे घुमा-फिराकर उतना ही प्रेम करती।

सीनीयर दूबेजी को दिल का दौरा पड़ा, जेनीफर ने आर्मी हस्पताल दिल्ली में मुफ्त इलाज करवाया। महीने भर छुट्टी लेकर पास बैठी थी। दूबेजी को भी

जेनीफर में साक्षात् देवी का रूप दिखा। स्कर्ट पहनती है तो क्या हुआ? बहू तो रत्न है।

"बस बेटी! अब यही कामना रह गई है, पोते का मुँह देख लूँ।" उन्होंने घिसा-पिटा जुमला मारा।

"हाँ, हमने अप्लाई कर दिया है।"

"कैसा अप्लाई? पोते के लिए कौन सा एप्लिकेशन?" दूबेजी थोड़ा हांफते हुए हँस कर बोले।

"एडोप्शन के लिए।"

दूबेजी सन्न रह गये। उनका खून ही फुस्स निकला। दुष्यंत नपुंसक थे।

दुष्यंत के आते ही दूबेजी उबल पड़े, "इस घर में अनाथाश्रम से बच्चे नहीं आएंगे!"

"पिताजी! जेनीफर की इच्छा है..." दुष्यंत बुदबुदाए।

"अरे, ये लोग कुछ भी खाते हैं, कुछ भी पहनते हैं, कुछ भी करते हैं। न कोई संस्कृति, न परंपरा।"

जेनीफर और दुष्यंत इस संवाद के बाद अलग हो गये। काग़जी तौर पर भी।

कैफे से निकलकर लड़खड़ाते दुष्यंत ने कहा, "ठीक ही कहते हैं पिताजी। इनका तो खून ही अलग है। तभी तो मच्छर भी नहीं काटते।"

संकीर्ण गलियों और गंदगी में पलते हैं मच्छर, स्वच्छंद समंदर या झीलों में नहीं।

6

दक्खिन का बॉक्सर

हर दौर के अपने तकियाकलाम होते हैं, पर 'चल, दारू पीते हैं!' पिछले कुछ दशकों में मशहूर रहा। अलग-अलग देशों और भाषाओं के तकियाकलामों का सांख्यिकीय विश्लेषन हो, तो ये विश्व की सर्वाधिक लोकप्रिय उक्ति कही जा सकती है।

मौका गम का हो या खुशी का। भारत मैच जीती हो या हारी हो। दोस्त पास हुआ हो या फिर से फेल। इश्क में पेड़े मिले हों या मायूसी का आलम हो। कॉरपोरेट दुनिया की शुक्रवार की शाम हो या मजदूरों की कोई भी आम सी शाम। मौका वाकई हो या न हो। मय के प्याले कभी भी थिरक जायें।

यारों का जमावड़ा। कुछ हुड़दंगी हंगामा करते, बिना लय-ताल के कमर हिलाते; सन्नाटे को चीरते ठहाके; और ठहाकों के बीच कुछ धुँआ उड़ाते गंभीर चेहरे। इन्ही महफ़िलों में बेसिरपैर अंग्रेजी मेटल रॉक भी खूब सुने, और नफीसी ऊर्दू ग़जल भी। महिला मित्रों की कमर में हाथ डाल हौले-हौले वाल्ट्ज नृत्य भी, और लफंगों के साथ नागिन डांस भी।

जब इन उत्तर-साम्यवादी कॉमरेडों को खूब चढ़ जाती तो गोलबंद हो जाते, कोई एक नमूना जोर-जोर से गाने लगता और बाकी वाहवाही करते। अक्सर इन नमूनों को ग़ालिब की ग़जलों से लेकर किशोर कुमार के नग्मे तक कंठस्थ होते। इस नमूनागिरी का एक उस्ताद मैं भी था।

ग़ालिब की शायरी पे मेरी पकड़ थी, लेकिन लड़खड़ाते लफ्ज़ों से गा-गाकर वो एक अपभ्रंस ऊर्दू का रूप ले चुकी थी। जैसे 'ग़िला-शिकवा', 'गीला-सूखा' हो गया। एक भय बना रहता था कि ग़ालिब की आत्मा कभी आकर जूते न मारे या मज़ार से कराहने न लगे। वर्जिश का शौक था तो इसी पश्चाताप में एक दौड़ लगाने की ठानी। बल्लीमाराँ से निजामुद्दीन तक। ग़ालिब की पैदाईशी से मज़ार तक। इस

उम्मीद में कि शायद ग़ालिब की भटकती आत्मा से रूबरू हो लूँ।

मेरी कर्मभूमि इर्विन अस्पताल बल्लीमाराँ के इर्द-गिर्द थी, और रहने का ठिकाना उन दिनों निजामुद्दीन के रास्ते पटपड़गंज मुहल्ले में था। रात की ड्यूटी खत्म होते ही तड़के दौड़ शुरू और सुबह के नाश्ते तक घर। योजना बिल्कुल त्रुटिहीन थी, बस कमी थी तो एक साथी धावक की।

ग़ालिब और मैराथन, ये दो बिल्कुल विपरीत श्रेणियाँ थीं। ग़ालिब के शौकीन पान चबाते मिलेंगे या शराब की चुस्कियाँ लेते। ये नैराथन वगैरा भिन्न विधा है, कान में टेक्नो संगीत लगाकर दौड़ने वालों की। इसमें कोई हीनभावना नहीं। ग़ालिब की शायरी सुनकर मैं भी नहीं दौड़ सकता। खैर, एक आकर्षक पोस्टर बनाया और इस ऐतिहासिक दौड़ की मुनादी पूरे अस्पताल में करवा दी। फेसबुक पर कई लाइक भी मिले पर दिल्ली की गर्मी में इस बेतुकी दौड़ का मज़ाक ही बना। पोस्टर भी हास्यास्पद लगने लगा। मिर्जा ग़ालिब की वो बालों वाली लम्बी टोपी और दाढ़ी देख लोग सोचते की किसी मुशायरे का न्यौता है, मैराथन का नहीं। रातों-रात सारे पोस्टर मैंने खुद ही फाड़ डाले, और दौड़ने का इरादा छोड़ सिगरेट की कश लेने लगा।

उन्हीं दिनों नज़र एक पहलवान नुमा व्यक्ति पे पड़ो जो अस्पताल के इर्द-गिर्द दौड़ लगाता नज़र आता, और रूक कर सिगरेट भी फूँकता। तम्बाकू, दशकों से स्वास्थ्य को विकृत और मित्रता को सुदृढ़ करता आया है। चाहे वो चुटकी भर खैनी हो या सिगरेट का कश। मैंने भी कशमकश में दौड़ की पेशकश कर दी, और वो भी झट राजी। ग़ालिब से उसका कोई सरोकार नहीं था, पर दस किलोमीटर की दौड़ सुनकर उसकी आँखों में चमक आ गई थी। मुरली तमिल प्रदेश का था, और वो टूटी-फूटी हिंदी बोलता था। बड़ी मशक्कत और ताकीद की तो 'मीर झा घालिब' बोल सका। ग़ालिब की मज़ार पर मुरली को ले जाना क़ाबे में काफिर को ले जाने से कम न था।

जब निजामुद्दीन की संकरी गलियों में भटकते आखिर मजार तक पहुँचे, एक वीराने सा आलम था। निजामुद्दीन औलिया के पवित्र दरगाह ने सरफिरे ग़ालिब की मजार को आखिर हरा ही दिया। मेरे और मुरली के सिवा वहाँ कोई परछाई न थी। मैं आरे-तिरछे खड़े हो 'सेल्फी विथ ग़ालिब' लेने लगा, और मुरली खाली जगह देख दंड पेलने लगा।

कुछ दस साल पहले मुरली अव्वल दर्जे का मुक्केबाज था। राष्ट्रीय खेलों में अपने राज्य का नेतृत्व करता था। रूस के नामी मुक्केबाज पांचेन्को को जब भारतीय खेल निगम ने कोच चुना, उन्होंने मुरली को भारत का सर्वोत्तम मुक्केबाज

करार दिया था।

लोहे का शरीर और रबर सा लचीलापन। पांचेन्को उसकी तुलना मशहूर मुक्केबाज 'रिडिक बो' से करते थे। बस फर्क ये था, रिडिक बो शायद नशाखोरों और सड़कछाप लोगों के बीच पले-बढ़े थे, और मुरली तमिल ब्राह्मन परिवार में।

जिस परिवार ने कई चिकित्सक, ज्ञानविद् प्रोफेसर और वैज्ञानिक दिये, उस परिवार में मुक्केबाज? घर में शौकिया कार्नाटिक शास्त्रीय संगीत और भारतनाट्यम करने वाले कई लोग थे, लेकिन ये शौक कुछ अजीब ही था। पड़ोसी घर के सामने कूड़ा फेंक क्यूँ न चला जाये। घर में दो अगरबत्तियां ज्यादा जला लेंगे, लेकिन लड़ेंगे नहीं। मुरली में वैसे खानदानी प्रतिभा भी आयी थी। पढ़ाई में हमेशा अव्वल आता।

मिला जुला के कहा जाये तो मुरली शायद भारत का पहला और आखिरी तमिल ब्राह्मन मुक्केबाज था जो डॉक्टरी की पढ़ाई कर रहा था।

मुंडू धोती पहन जब नंगे बदन मंदिर जाता, शहर की सारी लड़कियाँ बस निहारती रह जाती। चौड़ी छाती और गठीला बदन, हॉलीवुड के एक्शन हीरो वाली। कॉलेज की बालाओं में होड़ मच गई। कोई गजरे की महक से रिझाती, तो कोई पाश्चात्य कपड़ों में।

मुरली भी इस पाश से बच न सका। गोरी-चिट्टी तमिल ब्राह्मणी और इडली-नुमा भरपूर शरीर। आकर्षण तो लाजिमी था। बहुत जल्द दोनों नारियल फोड़ प्रेमसूत्र में बंध गये। अजी मैंने कहा प्रेमसूत्र! ये अस्थायी सूत्र है जो अक्सर वैलेन्टाइन जयंती के आस-पास कॉलेज वगैरा में नमूनों की तरह लाल गुलाब लेकर बांधी जाती है। ज्यादातर ये सूत्र बहुत ही कच्चे और खर्चीले होते हैं। ये जिंदगी झंड होने की प्रेक्टिस भी कही जा सकती है।

जब-जब मुरली मुक्केबाजी खेलने जाता, उसकी नयी नवेली गर्लफ्रेंड उसे ये शौक छोड़ने की सलाह देती। रोना-धोना और प्यार का पंचनामा। खिसियाया मुरली अपनी भड़ास रिंग में उतारता। पंचनामे का बदला प्रतिद्वंदी को पंच मार-मार कर लेता। जो भी बॉक्सर रिंग में खड़ा होता, उसमें गर्लफ्रेंड की परछाई दिखाई देती। मुरली उसको मिनटों में नॉकआउट कर देता, और जोर-जोर से चिल्लाता WWF के नौटंकीबाजों की तरह। पांचेन्को उसे शांत रहने की सलाह देते पर वो खूंखार बनता जा रहा था। आखिर खेल निगम ने मुरली को बेंच पर बिठाने का फैसला कर लिया। मुक्केबाजी खेल था, जंग नहीं। पर मुरली के लिये ये सामाजिक संकीर्णता के खिलाफ जाती जंग बन गयी थी।

पांचेन्को के इस फैसले से जहाँ गर्लफ्रेंड और परिवार के सदस्य प्रसन्न थे, मुरली घुटता जा रहा था। घंटों बेड के किनारे लगे पंचिंग बैग को मारता रहता। अक्सर गर्लफ्रेंड प्रेमपाश में बहलाती, पर बिस्तर पे भी भड़ास ही निकालता। खबर तो खैर फैल ही गयी थी। ऐसी प्रतिभाएँ छुपती कहाँ हैं?

चैनई के वलासराक्कम इलाके की एक संकरी गली में रईसजादों का मनोरंजन क्लब था। नशाखोरी का अड्डा और खूनी खेल। देशभर के मुक्केबाज आते और लाखों का सट्टा होता। मुरली जैसे जिंदगी से हारे धकियाये मुक्केबाज।

कोरापुट का आदिवासी सुरिंदर। अरूणाचल का थांगा, और श्रीलंका का तमिल भगोड़ा रंगा। कोई माओवादी नक्सल तो कोई लिट्टे का आतंकवादी। सुरिंदर को तो मुरली ने आधे घंटे में धूल चटा दी। लाखों का लेन-देन हुआ पर मुरली को कुछ 25 हजार पकड़ा दिये। फिर भी खेल निगम की मासिक 3000 की खेलवृत्ति से कहीं ज्यादा थी। थांगा और रंगा की भी खूब धुनाई की और मुरली लाखों में खेल गया। गर्लफ्रेंड को 'एनफिल्ड' बुलेट पर घुमाने लगा।

राष्ट्रीय खेल निकट आ रहे थे और मुरली की परीक्षाएँ भी। ऐसे शूरमा कम ही होते हैं या मैं तो कहूँगा मुरली के सिवा विश्व में कोई नहीं। लौंडीबाजी, नशाखोरी, और-तो-और सट्टे वाली मुक्केबाजी करे, और मेडिकल की कठिन परीक्षाएँ भी निपटा ले।

मुरली कभी फेल नहीं हुआ, जैसे तैसे पास हो ही जाता। वैसे ये जिम्मा गर्लफ्रेंड पुस्तकालय में घसीट घसीट कर खूब निभाती। अक्सर पुरुष को जिम्मेदारी का सही अहसास स्त्री ही कराती है। चाहे कालीदास की विद्योत्मा हो या शिव की पार्वती। एक तरह का ट्रैफिक सिग्नल समझ लो। न हो तो गाड़ी न जाने कब ठुक जाये। स्त्री समय-समय पर लाल-हरी बत्ती जला कर पुरूष को नियंत्रन में रखती है। आखिर मुरली मुक्केबाज भी यम बी बी एस हो गये।

तमिलनाडू की टीम मुक्केबाजी में कभी कुछ खास रही नहीं, पर मुरली की बात अलग थी। ४५ के ४५ मैच जीत चुका था। पांचेन्को इस बात को बखूबी जानते थे। उधर बंगाल के निमाई दास के सामने कोई टिक नहीं पा रहा था। हरियाणा और उत्तर-पूर्व के नामचीन मुक्केबाजों को भी निमाई ने ध्वस्त कर दिया था। पांचेन्को जानते थे कि इस अश्वमेध घोड़े को शायद मुरली ही रोक सकते हैं। उधर मुरली बेखबर नतमस्तक पुस्तकालय में MD परीक्षा की तैयारी में जुटे थे। एक तो ये मेडिकल की पढ़ाई भी जन्म-जन्मांतर तक चलती है। आखिर खबर पहुँचाई गयी कि चंडीगढ़ में अमुक दिन मैच है और मुरली तैयारी में जुट जायें।

मुरली कभी शेर जरूर था, पर अब तो पिंजरे में बंद सर्कस कर रहा था। अब कहाँ वो रूतबा और वो दम। पंचिंग बैग पे रट्टा मारने वाले नोट्स चिपका रखे थे, जिसे घुमा घुमा कर पढ़ता।

पहले लड़कपन का शौक था पर अब तो जनाब डॉक्टर बन गये थे। बड़ी इज्जत होती है समाज में। देखा है किसी डॉक्टर को रिंग में घूंसे मारते?

अब ये फूहड़पन न होगा। और रखा ही क्या है मुक्केबाजी में? फलाँ एशियन खेलों में स्वर्ण जीते थे, आज सुना है रेल मंत्रालय में चपरासी हैं। और डॉक्टरों की क्या शान है! डॉक्टर थॉमस के बेटे की शादी में तो रजनीकांत आये थे!! फैसला वाकई बहुत आसान था। फिर भी आखिरी बार पाचेन्को से बात करने की सोची।

मुरली ने पांचेन्को को जब गुरू माना, तो रूसी भाषा भी सीख ली थी। दोनों रूसी में ही बात करते।

"निमाई को तुम्हारे अलावा कोई नहीं हरा सकता। कोर्कस्क्रयू लीड हुक! बस तुम ये पंच कर सकते हो", पांचेंको ने कहा।

"अब शायद नहीं कर पाऊँ। और मैच के दिन मेरी चंडीगढ़ पी.जी.आई. हस्पताल में परीक्षा है। आपसे मिलने की कोशिश जरूर करूंगा, लेकिन परीक्षा के बाद।", मुरली ने नकार दिया।

❧

ये क्यूँ हुआ, इसमें शायद नया भी कुछ नहीं। अक्सर रोमांचक फिल्मों में ये होता आया है। मुरली चंडीगढ़ के परीक्षा कक्ष से भाग पड़ा। गर्लफ्रेंड चिल्लाती रही। मुरली ने पी.जी.आई. की परीक्षा छोड़ निमाई दास से मुक्केबाजी करने की ठानी। पांचेन्को उछल पड़े। खेल शुरू हुआ।

निमाई पूरे नियंत्रण में थे, जमे हुये। मुरली के हाथ और शरीर में तालमेल नहीं दिख रहा था। खेल के तीसरे मिनट में ही मुँह के बल गिरे। मुरली वापस खड़ा होते रहा और निमाई पीटते रहे। आज जैसे कुछ पंच मारने की इच्छा नहीं थी। जैसे वो बार-बार हारना चाहता था। निमाई जैसे लोगों को कौन पूछेगा? मेरी तो चेन्नई में इज्जत होगी। मुरली के अंदर का मुक्केबाज कैरियर ऑप्शन तौल रहा था। डॉक्टर-इंजीनियर तो आजमाये कैरियर हैं दशकों से। कौन बेटे को भला मुक्केबाज बनाना चाहेगा?

इसी ऊहा-पोह में आखिरी बार 'कोर्कस्क्रयू लीड हुक' का प्रहार किया। पहली बार मुरली का पंच कुछ ठीक पड़ा था। कंधे से केहुनी और कलाई तक एक घुमावदार तेज उछलकर किया गया पंच। निमाई ध्वस्त! ये वाकई ब्रह्मास्त्र था और कुंजी

सिर्फ मुरली के पास थी।

भारत के सर्वश्रेष्ठ मुक्केबाज के पास।

निमाई के नाक से तेज रक्त का प्रवाह था। खेल वहीं रोक दिया गया और प्वाइंट के आधार पर निमाई विजयी रहे। मुरली के जीवन का यह आखिरी मुक्केबाजी मैच था। 46 मैचों में 45 जीत।

गर्लफ्रेंड ने तो खैर उसी दिन पत्ता काट दिया और परिवार से भी बहिष्कृत कर दिये गये। भला कोई परीक्षा छोड़ मुक्केबाजी करता है क्या? मुरली नें एक गाँव में पोस्टिंग ले ली। बाहर कुएं के पास पंचिंग बैग लटका दी। गाँव के बच्चे उनके पंचिंग बैग के चारों ओर नंगे दौड़ते, कोई पत्थर मार कर खेलता तो कोई विकेट बनाकर क्रिकेट खेलता। जैसे लाश को चील-कौए खा रहे हों।

समय के साथ-साथ कभी कॉलेज और देश के हीरो रहे मुरली पढ़ाकू नमूना बनते गये। बहुत जल्द, सर्जरी की पढ़ाई के लिये चुने गये, दिल्ली के इरविन अस्पताल में।

अब दो नमूने दिल्ली की दुपहरी में मिर्जा गालिब की दौर लगा रहे थे।

7

मिक्स्ड डबल्स

दुनिया की सबसे बेरहम जगह लोग कहते हैं अमरीका ने ग्वाटेमाला बे में बना रखी है। वहाँ का तो कुछ खास अनुभव नहीं पर दावे के साथ कह सकता हूँ कि 90 के दशक में बिहार रोडवेज के बस की आखिरी सीट कुछ कम नहीं थी। कूल्हों को उछाल-उछाल कर झटके देते तो कभी दायें-बायें रगड़ कर लाल कर देते। ये अप्राकृतिक बलात्कार हर रोज उन सड़कों पर होता। किस्मत ऐसी, कि अक्सरहाँ लोग धकिया कर वहीं पिछली सीट पर भेज देते। रूमाल या गमछा न हो तो अपनी सीट बचती कहाँ थी?

ऐसी ही एक बस में ज्यादा नहीं, कुछ 10-20 किलोमीटर का सफर तय कर रहा था। सफर भले ही छोटी लगे, औसतन 3-4 घंटे लगते थे। काफी संभल कर खिड़की की तरफ बैठा था। जब भी गड्ढे आते, झट से खड़ा हो जाता। पहले घंटे लगभग 30-40 दफे उठ-बैठ की, तो हिम्मत हार गया।

गड्ढे ही गड्ढे थे, रोड का नामों निशाँ नहीं। ओम पुरी जी के गालों में तो फिर भी काफी कम हैं, ये तो चाइनीज चेकर की भांति एक गड्ढे से दूसरे गड्ढे की दौड़ थी। मैंने भी कमर कस ली। अब घिसे तो घिसे, जो होगा देखा जाएगा। वो किसी फिल्म का डायलॉग है न, "तोहफा कबूल करें जहाँपनाह!"

नींद का तो खैर प्रश्न ही नहीं था, इधर-उधर झाँकने लगा।

दृश्य बड़ा अटपटा था। दो अधेड़ पुरूष एक दूसरे की मटमैली धोती में हाथ डाले हस्त-मैथुन कर रहे थे।

एक तो बस के झटकों ने यूँ ही पेट में हिलोड़े ला दिये थे, ऊपर से ये घृणित कुकर्म दृश्य। बाकी रस्ते बस खिड़की से उल्टी करते गया।

ये दृश्य धीरे-धीरे आम होने लगे। कभी पुरूष या महिला छात्रावास के बंद कमरों में, तो कभी खुलेआम ट्रेन या बस में। समलैंगिकता काफी सुलभ थी, और प्राकृतिक यौन संबंध उतनी ही दुर्लभ।

जब जवानी का जुनून आया, तो देखा किताबों में फँस कर सेहत आधी हो गयी थी। हड्डियाँ लगभग गिनी जा सकती थी। कभी वर्जिश की ही नहीं। आत्मग्लानि में जिम की सदस्यता तो ले ली, लेकिन पहलवानों को देख दुबक गया। सदस्यता की फीस बेवजह बरबाद हो रही थी, और डंबल-शंबल की दुनिया से भय हो रहा था।

जिम जाने की हिम्मत नहीं जुटा पा रहा था। इसे कुछ लोग मध्यवर्गीय मानसिकता भी कह सकते हैं। जो पहले किसी चीज को दुकान में देख ललचाते हैं, फिर पैसे जमा करते हैं। लेकिन दुकान तक जाने की हिम्मत नहीं होती कि दुकानदार हुड़क न दे। फिर दुकान की रेकी करते हैं कि कब भीड़ कम होगी और कम ज़हमत होगी। क्या पता दाम बढ़ गये हों? मँहगाई का कुछ भरोसा नहीं। ५००-१००० रूपए तो संभाल लूँगा। चलो, कुछ छोटी चीज लेने के बहाने जाता हूँ। आखिर जब मिशन पूरा होता, तो उसे ट्रॉफी की तरह घर लेकर आते। चाहे कलर टी.वी. हो या कैरमबोर्ड, मुहल्ले वालों को बताते और रौब जमाते।

इसी रणनीति से दो-चार दिन चुपके से जिम की रेकी कर एक वक्त का पता लगा जब जिम खाली-खाली सा होता।

आखिर जिम की शुरूआत हो ही गई। भारी-भरकम ताम-झाम था। थोड़ी देर उछल-कूद कर आखिर एक हल्का सा डंबल उठाया। आईने में डंबल को ऊपर-नीचे करते अपने आप को देख रहा था और खुश हो रहा था। जिम में ये एक खासियत है। आईने इतने लगे होते हैं कि खुद को देख-देख कर आत्मप्रेम दुगुना हो जाता है। थोड़ी ही देर में शर्ट उतार बनियान में आ गया, और अपने मिनी साइज डोले-शोले देख कर लगा कि बदन में कुछ हरकत हो रही है।

तभी एक मॉडल टाईप हट्टा-कट्टा लड़का जिम में दाखिल हुआ। किताबी मांसपेशी वाला गठीला शरीर। उसके सामने डंबल उठाये मैं बहुत बड़ा नमूना लग रहा था। मैंने फटाफट डंबल रखा, कपड़े पहने और जिम से निकलकर खिड़की से छुपकर उसे देखने लगा। दो-चार दिन ये सिलसिला चला, फिर एक दिन हीनभावना त्याग कर उससे गुरू बनने का अनुरोध कर डाला।

ये व्यायामशाला या जिम एक पंथ या cult है। इनकी अलग अपनी दुनिया है, जो बाकी दुनिया को नमूना समझती है। इस पंथ का हर इंसान दूसरे को पंथ में शामिल करने की पुरजोर कोशिश करता है। उसने अपना नाम माइकल बताया, और मुझे खाने-पीने की योजना से लेकर जिम में कसरत का रूटीन तक सब बता

डाला। हफ्ते में एक दिन बाँह और हाथ की कसरत, एक दिन छाती, एक दिन कंधे और पीठ, और एक दिन बस टांगे। खूब सारा प्रोटीन। 6-6 अंडे रोज और सिर्फ अंडे का सफेद हिस्सा। हर रोज एक नयी सलाह देता और खूब सारी कसरत कराता। एक हफ्ते में ही दम निकल गया। बदन जैसे अकड़ सी गयी और जिन-जिन हिस्सों में मांस जाकर हड्डियों से मिलते, वहाँ बेतहाशा टीस हो रही थी। जैसे अब उखड़ा, तब उखड़ा। अगले हफ्ते जाने की हिम्मत न पड़ी। रोबोट की भांति टाँगे हल्की फैला कर चलता, वही जैसे अप्राकृतिक बलात्कार हो गया हो।

पर ये जिम पंथी भी बड़े घाघ होते हैं। दोस्तों के साथ चाय-सुट्टा पी रहा था, कि देखता हूँ एक बुलेटनुमा मोटरसाईकल से उतर कर एक भारी-भरकम हेल्मेटधारी मेरी तरफ चला आ रहा है। माइकल को देख ऐसे सिहर गया जैसे स्कूल प्रिंसिपल ने क्लास बंक करते पकड़ लिया हो, और अब कान ऐंठ कर मुर्गा बनाएगा। मैंने अग्रिम क्षमा-याचना की और उसने बड़े दिल से माफ कर दिया। उसने ये भी समझाया कि इस दर्द और अकड़न का इलाज व्यायाम ही है, व्यायाम से भागना नहीं। ये तो पुरानी गाड़ी स्टार्ट करते वक्त की घरघराहट है जो कुछ देर चलने के बाद खत्म हो जायेगी। धीरे-धीरे मेहनत रंग लाने लगी। छाती चौड़ी होती जा रही थी, और टी-शर्ट की बाँहे कस सी गयी थी। असर भी दिख रहा था। जो लड़कियाँ पहले दूर छिटकती थी, अब किसी न किसी बहाने चिपकने लगी। पर जैसे पौरूष और अकड़ एक दूसरे के पर्याय हैं। पहले जुबाँ में एक भीरूता थी, अब लड़कियों से भी ऐसे बात करता जैसे बच्चन साब का डॉयलाग बोल रहा हूँ। उन दिनों चिकने चॉकलेटी लड़के ज्यादा चल रहे थे, और मैं चॉकलेट से अखरोट बनता जा रहा था।

व्यायामशाला यूँ तो आधुनिक उपकरणों से सुसज्जित थी पर माइकल ने इतवार को मालिश सेशन का न्यौता दे डाला। ये सब तो गामा पहलवान के अखाड़े वगैरा में सुना था। भई मुझे नहीं करवानी मालिश-वालिश। खैर मैं यूँ ही व्यायामशाला का चक्कर लगाने निकल पड़ा। कयास ठीक ही लगाया था। अखाड़े वाला माहौल था। सारे अर्धनग्न लेटे थे, और एक दूसरे के ऊपर तेल चपोड़ मालिश कर रहे थे। एक मांसपेशी को पूरी गोलाई में मालिश करते। छातियों से जांघों तक। घुटनों से टखनों तक। माइकल ने कहा कि इससे अकड़ बिल्कुल खत्म हो जाएगी और मांसपेशियां उभर कर आएगी। मैंने मजाकिया लहजे में मना किया कि भई ये मर्दाना रोमांस मुझसे न होगा। यह सुनकर माइकल हँसा नहीं, बल्कि आँखें तन गई और पलट कर मालिश की देख-रेख करने लगा। मैंने शायद कुछ ऐसा किया था, जिसे अंग्रेजी मुहावरों में बेल्ट की नीचे प्रहार कहते हैं।

बरसों बाद कुछ ऐसी ही मालिश मैंने भी करवाई गोवा के एक हाई-फाई स्पा में। एक उत्तर-पूर्व की महिला ने अंधेरे कमरे में जो शास्त्रीय संगीत बजा कर पूरे शरीर पर मालिश करी। अजी रोंगटे खड़े हो गये थे। यूँ तो शेख-चिल्ली बना फिरता था, लेकिन अर्धनग्न लेटा अनजानी महिला के साथ असहाय महसूस कर रहा था। मसाज समाप्त होते ही राम-राम तौबा-तौबा करता भागा।

माइकल ने जिम में अपना वक्त बदल लिया था, और मेरा संपर्क टूट गया। परीक्षा निकट आ गये तो कसरत भी बंद कर दी।

एक समस्या जो मेरे साथ हमेशा रही कि हॉस्टल मेस का खाना कभी नहीं भाया। कहते हैं मैकडॉनल्ड्स के बर्गर सदियों से बदले नहीं। अपनी उत्तमता बरकरार रखी है। इस मिसाल में भारतीय मेस भी कुछ कम नहीं। एक ही खाने का मीनू साल-दर-साल। हालाँकि सुना है देश के कई संस्थानों में लजीज मेस भी हैं। बैंग्लूरू के इंडियन इंस्टीच्यूट ऑफ साइंस एक रिसर्च के सिलसिले में गया था। प्रयोगशाला से ज्यादा समय कैंटीन में लाजवाब डोसे खाते बिताये। मैंने ही क्या, बाकियों ने कौन सा नोबेल जीत लिया? सबके सब डोसे गटक रहे हैं बस। खैर उनसे कोई बैर नहीं। खाये पिये ऐश करें अपनी बला से। मैंने भी कई जुगत लगाए। भाँति-भाँति के डब्बे वालों का खाना आजमाया। पर आखिर सुई अटकी एक सरदार जी के ढाबेनुमा मेस पे।

सरदारनी साक्षात् अन्नपूर्णा थी। खाने वाले का दिल भाँप लेती। या यूँ कहिये, जो भी बनाती उसी पे दिल आ जाता। उनकी ननद यानी सरदार जी की विधवा बहन उनका साथ देती। अप्रतिम सुंदर। उम्र का तो अंदाजा नहीं पर नयी नवेली शादी हुई थी और पति कारगिल युद्ध में शहीद हो गया। ठीक-ठीक हिसाब लगाऊँ तो तीस के आस-पास की होगी। थोड़ी घनिष्ठता हुई, तो कहा पेंशन के पैसे ससुराल भेज देती है, और यहाँ भाई-भाभी का हाथ बँटा देती है। मन भी लगा रहता है और जिम्मेदारी से भी मुँह नहीं मोड़ती। आर्मी वाले के विधवा के लिये प्रेम उमड़ना देशद्रोह से कम नहीं था, लेकिन फिर भी उनमें एक खिंचाव सा जरूर था। वो फुलके लाकर प्लेट में डालती और मैं बस खाता चला जाता।

सरदारजी शाम से दारू पीने बैठ जाते, और हमारे खाते-खाते घुलट जाते। कभी कभार गुस्से में सरदारनी को थप्पड़ भी सबके सामने जड़ देते। ऐसा लगता जैसे हमारी देवी पर असुर ने हमला कर दिया। खून खौल जाता, लेकिन कुछ करने की हिम्मत नहीं होती। गुस्से को फुलकों के साथ निगल जाता। वो थपड़ाते रहे और हम बेशर्मों की तरह खाते रहे। धीरे धीरे ये स्त्री-शोषण भी एक मनोरंजन बन गया। रोज खाते वक्त इस रोमांच का इंतजार करते। रोम के ग्लैडिएटर एरिना की भांति।

पौरूष शक्ति का प्रदर्शन और सुंदर भरी पूरी विधवा के दर्शन। इस पाश्विक आनंद में जानवर बनता जा रहा था। शायद मानसिकता इस कदर गिर गयी कि पढ़ाई खत्म होते ही सरदारजी के घर के सामने कमरा ले लिया। अब तो रोज सुंदरी को खिड़कियों से झांकता।

ऐसी ही एक रात खिड़कियों से वो दृश्य देखा जो पहले छुप-छुप कर सतरंगी फिल्मों में ही देखा था। सरदारजी बरामदे पर नशे में धुत्त पड़े थे और दोनों महिलायें अंधेरे में प्रेमपाश में बंधी थी। हल्की सी नाईट-लाईट में दो नग्न शरीर। बड़े-बड़े राजघरानों के हरेम की कहानियाँ पढ़ी थी। नींद उड़ गई। बस करवटें बदलता रहा। बिहार के खटारा बस में अधेड़ पुरुषों के घिनौनेपन से इन सुंदरियों की रंगलीला में कितना फर्क था? बस ये निर्णय नहीं कर पा रहा था कि मुझमें और इनमें, भला मानसिकता किसकी ज्यादा विकृत थी?

वो कमरा भी त्याग दिया और सरदार जी का ढाबा भी।

वापस हॉस्टल में पैरासाइट बन कर रहने लगा। पैरासाइट मतलब वो घुसपैठिये जो पास होने के बाद भी गैरकानूनी ढंग से हॉस्टल में रहते हैं। पैरासाईट और क्रोनी ये दो वर्ग हॉस्टल के अहम हिस्सा होते। क्रोनी मतलब वो छात्र जो वर्षों से फेल होते हॉस्टल में जमे रहते। इन छात्रों में एक अद्भुत प्रेम होता हॉस्टल के लिए। तभी तो जोंक की भाँति चिपके रहते। उमर हो गई पर फिर भी फ्रेशर लड़कियाँ ताड़ने बैठ जाते। नये-नवेले पढ़ाकू बच्चों को सिगरेट पीना सीखाते, और हॉस्टल की सीढ़ियों पर घंटों फंडे देते। खुराफात के नये-नये गुर सिखाते।

पुणे शहर सदियों से लीक से जरा हटके रहा है। कुछ पढ़ाकू विद्वान, तो कुछ अव्वल दर्जे के खुराफाती। खुराफात इस कदर कि देश हिला के रख दे। कहते हैं कि मुगल शाह औरंगजेब की नाक में दम कर दिया। अपनी आधी जिंदगी शिवाजी महाराज को पकड़ते बिताई। टॉम और जेरी के कार्टून शो की तरह। जब सारी दुनिया महात्मा गांधी का लोहा मान रही थी, पुणे में एक खुराफाती कीड़ा करने में लगा हुआ था। हाँ ये सच है कि विश्व के बड़े-बड़े मार्गदर्शक डायरिया-मलेरिया से नहीं मरे। लिंकन, गांधी या लूथर किंग। सब गोली खा के मरे। लेकिन ये खुराफात पुणे की मंगलवार पेठ में बैठा गोडसे ही करे, ये तो विधान नहीं। अब ओशो रजनीश को ही ले लो। कितने धर्मगुरू आये और गये पर ऐसा खुराफाती? मानो या न मानो, शहर की हवा में कुछ है।

ये मालूम नहीं कि ओशो का प्रभाव था या पश्चिमी संस्कृति का, पर इस शहर की यौन संस्कृति भी जुदा थी। एक साक्ष्य तो ये है कि इस शहर में देश की सर्वाधिक महिला दुपहिया चालक हैं। चेहरे पे रंग-बिरंगे रूमाल बांधे पतली कमर वाली स्कूटी

चलाती जवाँ छोरियाँ। महिलाओं में एक अलग आत्मविश्वास नजर आता। कुछ सिगरेट भी पीती, और छोटे कपड़ों में बाजार भी घूमती। इसे मैं संस्कृति हीनता नहीं, संस्कृति की उन्मुक्तता कहना चाहूँगा। ऐसी ही एक उन्मुक्तता कुछ पुरुषों में भी दिखी। बदन पर तरह-तरह के टैट्टू, बाल कंधे तक, कमर से नीचे लटकती जींस कि आधे कूल्हे दिख जायें और अजीब सी चाल। खबर मिली कि इनमें से कई समलैंगिक हैं, और रात में सड़कों पर लड़के छेड़ते हैं।

खबर कच्ची थी या पक्की पता नहीं, पर हॉस्टल में गोलमेज सम्मेलन प्रारंभ हो गया। अफवाहें फैलने लगी। अमुक को रास्ते में कमीनों ने घेर लिया, और पैंट की जिप खोल दी। बड़ी मुश्किल से जान छुड़ा कर भागा। चिकने लड़के रात को अकेले न निकलें, और निकलें भी तो दो-चार लोगों के साथ। उनकी पहचान तय की गई। बदन से कसी हुई टाईट कपड़े पहनते हैं और टांग फैला कर चलते हैं। अक्सरहाँ सार्वजनिक शौचालयों के आस-पास च्विंगम खाते घूरते मिलेंगे। कुछ ने बालों को रंग रखा होगा, कुछ की लड़कियों वाली लचकदार चाल और कुछ ने तो लिपस्टिक तक लगा रखी होगी।

बस फिर क्या था, पहचान परेड चालू हो गई। लड़के झुंड बना कर जाते और रास्तगीरों पे गौर करते। अजी लड़कियों पे नहीं लड़कों पर। क्या अजीब मानसिकता हो गई थी? जिसपे शक होता, उसे 'होमो' कह कर चिढ़ाते। वो गुस्से में मुड़ कर जाने लगे, तो उसे खदेड़ कर दौड़ाते। धीरे-धीरे इस शिकार में मजा आने लगा। रोज रात एक 'होमो' खदेड़ते, जैसे आवारा कुत्तों को लठिया कर भगा रहे हों। खेल धीरे-धीरे रोमांचक होता जा रहा था। रणनीतियाँ बनती और जाल बिछाए जाते। छात्रावास के चिकने लड़के 'होमो' लड़कों को प्रेमजाल में फाँस कर लाते, और हॉस्टल में आते ही उसका पीट-पीट कर बुरा हाल कर देते। हर कोई अपनी भड़ास निकालता। अश्लील भद्दी गालियाँ, और लिंग पे घूँसों-जूतों से प्रहार।

यूँ तो मैं इस नैतिक दंगेबाजी से दूर ही रहता, पर उस रात कुछ हुड़दंगी माहौल था। किसी का जन्मदिन मना रहे थे, और कुछ दारू-शारू का असर चढ़ने के बाद दोस्तों को शिकार का शौक हुआ। 'होमो' के शिकार में देर हो रही थी और सब्र का बांध टूट रहा था। मैं यूँ ही मोटरसाइकिल से सिगरेट लाने निकल पड़ा और दोराबजी की पुरानी दुकान के सामने बैठ पुणे शहर को गौर से देखने लगा। क्या माकूल आबो-हवा, क्या मुस्कुराते चेहरे। हर तरह के लोग हैं यहाँ। दोराबजी, पूनावाला जैसे पारसी उद्योगपति। सुना है घोड़ों की रेस में बड़े-बड़े रईस आते है। कैंट के पीछे मुसलमानों की बस्ती शिवाजीनगर। पेठ की ओर निकल जाओ तो हिंदुओं का जमावड़ा है। आगाखाँ साहब के महल में तो गांधी जी भी रहे थे।

शांतिदूतों की नगरी और मराठों का पौरूष।

इसी ऊहापोह में आखिर छात्रावास पहुंचा, तो खेल शुरू हो गया था। चक्रव्यूह बना कर कूटाई हो रही थी। भीड़ को भेदते केंद्र तक पहुंचा तो एक लहुलहान हट्टा-कट्टा इंसान दिख रहा था। मुँह सूजा हुआ और होठों से रक्तधारा। मुझे देखते ही उसका ध्वस्त आत्मविश्वास जैसे आखिरी बार फड़फड़ाने लगा। आखिर मेरे आत्मविश्वास और दमदार बाजुओं को गढ़ने में उसकी भूमिका रही थी।

माइकल!!

मेरी नजर में कभी शक्ति का जीता जागता स्वरूप रहा था, आज अनासक्त नपुंसक नजर आ रहा था। मुझे देखकर घिघियाया, लेकिन इस वीभत्स प्रताइन में मेरा नाम शायद विस्मृत हो गया था। बस ये गुहार लगा पाया कि मैं इन्हें जानता हूँ। सब ने अजीब सी संदेहपूर्ण नजरों से मेरी तरफ देखा। हॉस्टल में एक दबदबा था। एक बार बस उंगली उठा दूँ, सबके हाथ रूक जाए। पर शायद प्रतिष्ठा और विवेक में उस दिन प्रतिष्ठा विजयी रही। मैंने कहा कि मैं इसे नहीं जानता और सब टूट पड़े। बोझिल कदमों से वापस कमरे में आकर लेट गया। कौन समलैंगिकता का धब्बा सर पर ले? उस दिन के बाद ये तमाशा फिर कभी नहीं हुआ।

माइकल वाकई घाघ निकला। पिटता, लेकिन फिर उठ खड़ा हो जाता। उसकी सहनशक्ति तभी समाप्त हुई, जब उसकी मृत्यु हो गई।

8
छुटकी प्रेम कथा

कहते हैं हिंदुस्तान का धर्म क्रिकेट है। मैंने भी खूब 'क्रिकेट सम्राट' पत्रिका से कतर-कतर फोटो दिवाल पर लगाये। टेस्ट मैच भी पाँच दिन लगातार देख जाता, जबकि उस जमाने में मैच जीती-हारी नहीं जाती। ड्रॉ होती। अजी मैच क्या था। गेंदबाज धूप में भागता हुआ आये और तूफानी तेजी से गेंद फेंके। बल्लेबाज हौले से बैट लगा ब्लॉक कर दे, या सर झुका कर विकेटकीपर के लिये छोड़ दे। रन भी न बनाये, विकेट भी न छोड़े। ऐसी प्रवृत्ति को ठेठ भाषा में 'ढीठइ' कहते हैं। टेस्ट मैच इसलिये भी प्रिय था कि दो-दो इनिंग होते। गावस्कर एक बार फुस्स तो दूजी बार फिर आयेंगे। दूसरा मौका। सालों ने हमें भी ढीठ और दूसरे मौके का आदी बना दिया।

अक्सर कुछ नमूनों को छोड़ बाकी लोग दूसरे या तीसरे प्रयास मे बड़ी-बड़ी परीक्षायें पास होते। पहले प्रयास की गिनती नहीं होती। गली क्रिकेट की भाषा में इसे 'दूध-भात' भी कहते। दूसरा प्रयास ही असल माना जाता। तीसरे और चौथे प्रयास वालों को वही, ढीठ समझ लें।

प्रेम और विवाह में भी यही मंसा रही कि दूसरा प्रयास ही असल है। प्लैटफॉर्म वगैरा पर बैठे तोता-छाप ज्योतिषी को इसी मंसा से हाथ दिखाते। वो इधर-उधर की बात करते, हम मुद्दे पर लाते।

"ज्योतिषी जी! कितनी शादियों का योग है?"

वो हाथ के छिज्जी अँगुली की तरफ तिरछा कर रेखाएँ गिनते और कहते,"शादी तो एक ही है, पर संबंध तीन हैं।"

चेहरे पर चवन्निया मुस्कान आ जाती। २५ इंच का सीना तन जाता।

जिंदगी की रेलम-पेल में कब शादी हो गई, बच्चे हो गये, खबर ही नहीं। कहते हैं, बच्चे प्रेम की निशानी हैं। जीता-जागता प्रमाणपत्र। बच्चे से चेहरा न मिले, तो

प्रेम में कोई खोट। प्रेम की पराकाष्ठा से ही उत्पति होगी बच्चे की।

और यही बच्चा प्रेम का विनाश करेगा।

बिस्तर के बीच रोता-बिलखता, मुस्कुराता-खिलखिलाता ये मासूम चेहरा भगवान का भेजा प्रेम-निरोधक यंत्र है। उसका स्थान। पति-पत्नी के बीच, और उसके दोनों तरफ 50 सेंटीमीटर की न्यूनतम खाली जगह। ताकि वो सुरक्षित करवट ले सके। ये दूरी एक हाथ से ज्यादा लंबी है, यानी पत्नी-स्पर्श भी असंभव। जब दो बच्चे हों तो ये दूरी लगभग २ मीटर यानी दो हाथ दूर हो जाती है, जब एक दूसरे का चेहरा भी रात में धुंधला नजर आये। इसी वक्त अक्सर लोग कवि, लेखक बनते हैं या जीवन में सफलता के हिलोरें लेते हैं। मतलब बच्चों ने पहले इनिंग में ऑलआउट कर दिया, अब बैटिंग समाप्त, फिल्डिंग शुरू।

इसी फिल्डिंग के दौर में अक्सर अपने टीम के साथ घंटे-दो-घंटे कॉफी पीने जाता। बड़ी-बड़ी योजनायें। कैसे उत्पादकता बढ़ाई जाये? मार्केटिंग टीम। फाइनांस टीम। और टॉप मैनेजमेंट। जब उत्पादकता नहीं बढ़ी तो तनाव बढ़ा। कॉफी के साथ सिगरेट भी, और हफ्ते के अंत में दारू भी। अक्सर इन अड्डों पर दो ही तरह के लोग दिखते। एक मेरी तरह वयस्क और अधेड़ों की टोली, और दूजी उन्मुक्त नवयौवन और किशोरावस्था की। हमारे बाल पक रहे थे, उनकी पहली मूँछे आयी थी। हमारी महिला मित्रें भी अजीब ढंग से फूल-फाल गयी थी, जबकि इन स्कूल-गर्ल्स के शरीर में हल्की सी हलचल शुरू हुई थी। उनमें अपना बीता यौवन झांकता और मन मसोस कर रह जाता।

लिखने का शौक था, कुछ छोटी-छोटी कहानियाँ फेसबुक पर डालने लगा। और घड़ी-दो घड़ी 'लाइक' गिनता। जो नहीं 'लाइक' करते, उन्हें 'टैग' कर याद दिलाता। जितनी बार कोई 'लाइक' करता, उतनी बार कहानी फिर से पढ़ता और विजयी मुस्कान देता। फेसबुक पे ज्यादा घास न मिली तो ब्लॉग लिखने लगा। सुना है ब्लॉग की ज्यादा पूछ है। यहाँ भी वाहवाही मिलती तो और खुशी होती। अनजानी लड़कियों के सराहने का इंतजार रहता। पुरुषों के पास शायद वक्त भी कम है और भावनात्मक लेखन क्षमता भी। पुरुष अमरीकी राष्ट्रपति चुनाव और तकनीकी मुद्दों पर लिखते, पर युवतियाँ बस प्रेम पर। प्रेमशास्त्र। इस विषय में अपने जमाने में अव्वल रहा था, पर अब सिलेबस भी बदल गया था और प्रतियोगी भी। शायद सेकंड इनिंग खेलने का वक्त आ गया था।

अदिति। ये अस्थायी नाम ठीक रहेगा। उम्र 15 वर्ष 3 महीने। कक्षा 11वीं(दसवीं पास कह लो)। पिता बेंगलूरू के किसी सॉफ्टवेयर कंपनी के मुखिया जो अक्सर अमरीका में रहते हैं। माता जो सुबह कुते लेकर इंदिरानगर के पॉश

कॉलोनी में निकलती है, और शाम को क्लब में दोस्तों के साथ शौकिया जनाना दारू 'ब्रीजर' पीती है। अदिती शहर के आधुनिकतम विद्यालय में पढ़ती है। और उसे बस फिलहाल ये चिंता है कि उसका स्तन सपाट क्यूँ है, जबकि बाकियों के कब के आ गये।

पहले जो फिल्मों में चर्च के पादरी 'कन्फेशन रूम' में होते थे, आजकल इंटरनेट पे मिल जाते हैं। जो एक दूसरे को नहीं देख पाते, और आप खुलकर दिल की बात कहते हैं। अदिति के लिये वो पादरी मैं था।

अदिति मुझे रोज अपनी दिनचर्या बताती और अपनी यौन दुविधाओं को शांत करती। एक तो चिकित्सक हूँ, और शादी-शुदा। मुझसे बेहतरीन सेक्सपर्ट वो अखबार वाले फर्जी डॉक्टर भी नहीं, जो खुद ही रंगीन सवाल बनाते हैं और जवाब भी देते हैं।

अदिति की चिट्ठी का इंतजार रोज करता। अक्सर देर रात दो-ढाई बजे चिट्ठी आती, और मैं जवाब तकरीबन चार बजे तक भेज पाता। इस नयी इनिंग में मजा आने लगा। कोई आत्मग्लानि भी नहीं। ये तो एक तरह की चिकित्सकीय परामर्श था, और हमें हिप्पोक्रेटस ने कसम दे रखी थी।

अदिति की समस्यायें भी उलझती जा रही थी।

"मुझे शक है कि मेरी माँ किसी और से संबंध में है। मैंने बाथरूम में 'प्रेगनेन्सी किट' देखी, जब कि पापा तो पिछले चार महिने से अमरीका में हैं।"

हिप्पोक्रेटस कहते हैं, "Thou shall not harm" यानी किसी को नुकसान न पहुँचाओ। ये डॉक्टर का धर्म है।

मैनें लिखा, "अदिति! आप माँ की चिंता छोड़ दें। वो एक वयस्क हैं और अपने फैसले जिम्मेदारी से ले सकती हैं। आपके अनुमान जरूर कच्चे हो सकते हैं।"

वैसे भी उन्हें 'सेकन्ड इनिंग' खेलने का हक है खासकर पति इतना व्यस्त और दूर हो। अदिति की माने तो उसके पिता पिछले पाँच सालों से साल में बस दो महीने आते हैं। क्या पता वो भी दूसरी इनिंग खेल रहे हों।

अदिति के लिये ये चिट्ठियों का सिलसिला मुश्किल हो रहा था। उसे मेरी जरूरत दिन में कई बार पड़ने लगी।

"प्रेम के लिये सही उम्र क्या है?", "क्या एक बार यौन संबंध से मैं गर्भवती हो जाऊंगी?", "मैंने आज शराब पी ली। मेरा लिवर तो नहीं खराब हो गया होगा?"

मैंने बस एक रहस्य बनाकर रखा था। अदिति को अपना असल नाम और पूर्ण परिचय नहीं दिया था। उसकी मनोस्तिथि और छटपटाहट ऐसी हो रही थी, कि वो शायद मुझ तक रोज पहुँच लेती। पर मैं भी ढीठ था। गेंद चाहे कितनी भी तेज आये,

सफलता से ब्लॉक कर लेता। पर अब थोड़ी ईर्ष्या सी होने लगी थी।

अदिति किसी लड़के से आकर्षित थी, और वो उसे गाड़ी में घुमाने लगा। अदिति रोज इस संबंध में बताती, पुरुष को आकर्षित करने के गुड़ पूछती। और मेरे हृदय में एक अजीब सी पीड़ा होती। ये क्या था, मैं नहीं जानता। अपनी आधी उम्र की नाबालिग लड़की से प्रेम तो पाप ही है। और डॉक्टर के लिये मरीज से प्रेम करना तो हिप्पोक्रेटस की कब्र पे नंगा नाच करने के बराबर है।

मैंने भी चिड़चिड़ा कर कहा, लड़कों को आकर्षित क्या करना। सब साले हरामखोर होते हैं। बस तुम्हारे शरीर पे नजर होगी। टांगों में वैक्स करा लो, और छाती पर मोटे पैड लगा लो।

अदिति ने मुझसे कभी इतना तीखा जवाब नहीं सुना था। यौन मुद्दों पर भी मैं घुमा-फिरा कर अलंकार और अप्रत्यक्ष रूप से बातें कहता। पर ये तो एक नारी और वो भी स्कूल की बालिका की अस्मिता पर प्रहार था। मैं शर्म से घुटने लगा और अदिति ने भी चिट्ठी पत्री बंद कर दी।

टेस्ट मैच में अगर आपकी पारी या इनिंग बहुत ही बेकार गयी हो तो आपको बड़ी जिल्लत के साथ फिर से बैटिंग करनी होती है, जिसे फॉलो-ऑन कहते हैं। मैं भी फॉलो-ऑन खेलने लगा।

धर्मपत्नी में फिर से प्रेम के बुलबुले उठाने के प्रयास करने लगा। बच्चों को जल्दी सुलाने लगा, और अपनी दूरियाँ कम करने लगा। अक्सर पत्नियाँ किचेन, नौकरानियों और टी.वी. में उलझकर पति से दूर हो जाती है। पत्नी गर नौकरीशुदा हो फिर तो उम्मीद न के बराबर।

पर इसका उपाय भी ढीठई ही है। बरसों बाद धर्मपत्नी को लाल गुलाब का गुलदस्ता दे डाला। खाना आर्डर कर दिया और रोमांटिक मूवी की डी. वी. डी.

फॉलो ऑन में छक्के-चौके मार मार कर एक सम्मानजनक स्थिति में पहुँचा।

उसी दिन अदिति की चिट्ठी आई, कि वो गर्भवती हो गई है, और अस्पताल में मिलना चाहती है। मैंने अस्पताल में सुबह बुला लिया।

अदिति से पहली और आखिरी मुलाकात अविस्मरणीय है। चेक शर्ट और नीली हाफ स्कर्ट घुटने तक। स्कूल का बैज भी शर्ट पर जैसे तैसे लटका पड़ा था। काले लंबे थोड़े रूखे थोड़े घुंघराले बिखरे से बाल। और ब्रिटिश लहजे वाली अंग्रेजी जबान। बातें करते वक्त खिलखिलाना और हाथों से मुद्रायें बनाना। सर से पाँव तक पतली सी लड़की, जिसपे यौवन की छाप भी नहीं। अपरिपक्व परंतु अप्रतिम सुंदर।

उसके साथ एक दुबला-पतला लंबा सा लड़का, जो खड़े-खड़े हिल रहा था। जैसे बदन में एक स्थायी कंपन हो। सर के बीचों-बीच बालों की एक श्रेणी मुर्गे के कलगी

की तरह खड़ी, और जीन्स कमर से नीचे खिसकती।

तीसरे महीने का गर्भ था, और अदिति का चेहरा पीलेपन की वजह से और दमक रहा था। शायद उसे अपने सारे प्रश्नों का उत्तर मिल गया था।

20-20 का जमाना है। टेस्ट मैच अब खेलता कौन है?

९

सुंदरवन की सुंदरी

विश्व के कई देश भ्रमण किये पर भारत की चौहद्दी पे जो भी देश हैं, उनको भाव नहीं दिया। चाहे पाकिस्तान हो या लंका। बांग्लादेश हो या बर्मा।

बचपन से आदत थी। तीन कोस पे दोस्त, और पड़ोसियों से कट्टी। पर ये कट्टी निभाना बहुत कठिन था। पड़ोसी हर जगह नजर आते। बिजली-बिल भरने की लाइन हो या दूध के पैकेट लाने की होड़। वहाँ मुँह मोड़ भी लो तो, गलियां और रस्ते भी ज्यादा नहीं थे। पड़ोसी से कन्नी काट मैं दायीं तरफ के लम्बे रस्ते से घूम कर जाता, वो बायीं तरफ के लम्बे रस्ते से। बीच का छोटा रस्ता ये सोचकर छोड़ देते कि शायद दूसरा गया हो। दोनों आखिरी मुहाने पर साथ पहुंचते, और फिर मुँह मोड़ लेते।

छुटपन की रंजिश थी, छुटपन में ही खत्म हो गयी।

बेंगलूरू के एक बड़े शोध संस्थान में छोटा वैज्ञानिक बनकर गया, तो उनलोगों ने ये गिला भी दूर कर दिया। श्रीलंका के जयरत्ने और बांग्लादेश के रजा मुहम्मद के साथ कमरा दे दिया। इससे पहले इन देशों के लोगों को बस क्रिकेट मैचों में देखा था। कुछ खास अंतर नहीं, जयरत्ने दारू बहुत पीता था, और रजा सिगरेट के बिना एक पल नहीं। तीनों इस्कौन मंदिर के बाहर शाम को लड़कियाँ ताड़ने साथ जाते, और रात को रजा के कम्प्यूटर में अश्लील विडियो देखते।

मैं तो यूँ ही अमरीका की बड़ी यूनिवर्सिटी में प्रवेश के लिये रिसर्च का तगमा लगाने आया था। जयरत्ने गणित में 'स्ट्रिंग थ्योरी' के उलझे धागे सुलझा रहा था। कुछ IIT के दोस्तों ने बताया, कोई सेन साहब हैं इलाहाबाद में, और दूजा ये जयरत्ने। ये दो 'स्ट्रिंग थ्योरी' के बड़े मियाँ और छोटे मियाँ। सबके बस की नहीं है 'स्ट्रिंग थ्योरी'। सारी दुनिया कण की बात करती है, ये 'स्ट्रिंग' यानी धागे की।

आईंस्टीन दादा भी ३-४ 'डाइमेंशन' या आयाम पर अटक गये। ये २५-२६ डाईमेंशन की बातें करते हैं। बड़ी मगजमारी है, और ज्यादातर लोगों को पल्ले नहीं पड़ती। जिसे थोड़ी भी समझ आये, वही उस्ताद बन जाता है। अब जयरत्ने को ही ले लो, ३० बरस की भी उमर नहीं हुई और शोधपत्र छपने लगे।

सहपाठी की तरक्की से खुशी का पता नहीं, ईर्ष्या बहुत होती है। कल्लू जयरत्ने हमें दारू पिलाकर बहलाता है, और खुद तीर मार रहा है। 'स्ट्रिंग थ्योरी' का डॉन बना बैठा है।

रेजा से कुछ खास उम्मीद नहीं थी। जंगली जानवरों पे काम कर रहा था। हफ्ते में दो दिन नागरहोईल और बांदीपुर के जंगलों में जाता और बाकी दिन लड़कियों की नंगी तस्वीरें कम्प्यूटर पे इकट्ठे करता।

एक दिन यूँ ही सुबह चाय की चुस्की के साथ अखबार पढ़ रहा था। एक बड़ी ही आकर्षक फोटो छपी थी। एक जाना-पहचाना चेहरा सफारी वाली भूरी गोल हैट में एक बाघ की कान ऐंठता मुस्कुरा रहा था। उसकी मुस्कुराहट सामने सिगरेट फूंकते रजा मुहम्मद से मिलने लगी। अजी मिलने क्या लगी, ये तो रजा का आधे पेज में इंटरव्यू छपा था। सन्न रह गया। मैंने इतनी पढ़ाई करी। मैट्रिक में एक बार स्थानीय अखबार में छोटा सा नाम आया था, पूरे शहर में अखबार की कटिंग दिखाई थी। और ये ठरकी सुट्टेबाज खामख्वाह नाम कमा रहा है। अखबार में साक्षात्कार दे रहा है।

रजा मुहम्मद विश्व के उन गिने-चुने लोगों में था, जिसने मानव-भक्षी बाघ की तस्वीर ली थी। विश्वप्रसिद्ध वन्यजीवन फोटोग्राफर निकला रेजा। जयरत्ने की आगे की कथा भी कम नहीं पर उसकी थ्योरी उसी की तरह नीरस है। चलिए, रजा की प्रेमकथा में रस ढूँढें।

सुंदरबन के जंगलों के दो हिस्से हैं- एक रजा के देश में, एक हमारे। बांग्लादेश वाले हिस्से में मानवभक्षी बाघ हैं, और हिंदुस्तान वाले बाघ मानव नहीं खाते। हिंदुस्तानी बाघ भी गांधी जी के चेले हैं। रणथंभौर और नागरहोईल के बाघ तो जंगली बिल्लियाँ हैं। बाघ बस कहने के लिये। रजा की भारतीय बाघों के साथ ऐसे फोटो थी जैसे किंगफिशर वाले मॉडल दायें-बायें कूल्हे मटका कर खड़ी हों।

भारतीय बाघ भी भारतीय मानसिकता ढो रहे थे। कोई गोमांस नहीं खाता, कोई अंडा देख भौं सिकोड़ ले। कोई प्याज-लहसुन न खाये, कोई बैगन। जिन बाघों से भय था, उनपे तरस आने लगा। और खुद पे भी।

सोचो! आप जंगल में खो गये हो। अचानक किसी जानवर की आवाज झुरमुटों से आ रही हो। आपका हृदय कांप उठता है। आप घबड़ा कर पेड़ पर चढ़ जाते हो।

एक पतली सी टहनी से लटके पड़े हो। तभी दबे कदमों से खूंखार बाघ आपके समक्ष आ जाता है। आपकी घिग्घी बँध जाती है, और घबड़ा कर टहनी से धड़ाम से नीचे गिर जाते हो। बाघ को इतने करीब देख साँसे रूक जाती है। बाघ पास आता है, बदन सूंघता है।

और कहता है, "छी! आदमी!"

नाक भौं सिकोड़ चला जाता है। इन बाघों के लिये हम, कर्मकांडी ब्राह्मनों के प्याज-लहसुन के बराबर। अछूत। अपवित्र। पर ये विविधता क्यूँ?

राजा साहब के शोध के हिसाब से पानी का फर्क था। सुंदरबन के बांग्लादेशी हिस्से में भारतीय हिस्से से ज्यादा नमकीन पानी था। ज्यादा नमकीन और ज्यादा गरम। इतना गरम और नमकीन जानवरों में बस मानव का मांस है। सेक्सी और हॉट। बांग्लादेशी बाघ रॉयल बंगाल बाघ नहीं कहलाते पर शौक में हिंदुस्तानी बाघों से चार कदम आगे हैं। गब्बर सिंह की तरह आस-पास के गाँव पर धावा बोलते, एक मोटी-ताजी बसंती उठा के लाते और नोंच-नोंच कर खाते।

राजा पिछले पाँच सालों से इन बाघों पे गुप्तचरों की तरह छुप-छुप कर नजर रखता। खासकर एक मादा बाघ से राजा का खास लगाव था, जिसका प्रेम से उसने नाम रखा था- चन्ना। यानी चंद्रमा। ये वैसे अनैतिक संबंध था। चन्ना शादी-शुदा थी। पुरूष बाघ हफ्ते में एक दिन शिकार पर निकलता, कोई लकड़हारा मार कर लाता और दोनों मिल-बाँट हफ्ता भर खाते। बाकी के ६ दिन बाघ सरकारी मुलाजिमों की तरह आराम फरमाता। राजा मियाँ छुप-छुप कर 'चन्ना' को निहारते और अलग-अलग पोज में फोटो लेते। कभी कमर लचका कर वन में टहलते, कभी सुंदरबन के दलदलों में यूँ ही मिट्टी में क्रीड़ा करते, कभी स्नान करते तो कभी पुरूष बाघ के प्रेम-पाश में बंधते।

मचान से बाघ के अड्डे की दूरी तकरीबन आधा किलोमीटर थी। वन शोधकर्ताओं की भाषा में बाघ क्षेत्र में ये न्यूनतम सुरक्षित दूरी है। पर राजा का प्रेम हावी हो रहा था। चन्ना से ये दूरी सही नहीं जा रही थी।

एक दिन जब पुरूष बाघ 'गोगो' शिकार पर निकले, राजा ने थोड़ी हिम्मत बटोरी और धीमे-धीमे कदम बढ़ाने लगा। खतरा चन्ना से नहीं गोगो से था। राजा को ये ज्ञात था कि मारक क्षमता मादा बाघ में अमूमन नहीं होती। वो नेपथ्य में रहती है, राजा की अम्मी और ख़ाला की तरह। हाँ, पुरूष बाघ गोगो आँखे निकाल कर गोटियाँ जरूर खेल सकते हैं। लकड़हारों की बस्ती में अब बस २१ लोग बचे हैं और काफी सचेत हैं। गोगो को शिकार लाते रात हो जायेगी। पिछली दफे तो बहुत ताक लगा के रात में एक सोते हुए बुड्ढे को खींच ला पाया था। माँस तो कुछ था नहीं,

हड्डियाँ भी सूखी। गोगो और चन्ना की नवरात्रा के माफिक हालत हो गयी थी।

चन्ना अद्भुत सुंदर थी। अक्सरहाँ ये बंगाली बाघ नारंगी और काली धारियों वाले होते हैं। पर चन्ना सफेद बाघ या 'व्हाइट टाइगर' थी। सबसे सवर्ण और ऊंची जाति। अश्वेत गोगो ने गोरी कैसे फँसायी, ये रजा के लिये भी रहस्य ही था। रजा ने पास वाले पेड़ से छुपकर कई फोटो उतार लिये। दूर से प्रेम से अधिक उसकी औकात नहीं थी। मानव मांस खाती तो चन्ना भी चाव से थी। और बुड्ढे की सूखी हड्डियां खाकर पिछले हफ्ते से भूखी भी थी। इसका ख्याल आते ही रजा खिसक लिया।

पूर्णिमा की रात थी। अंधेरे में भी रात सुहावनी लग रही थी। रजा मचान पर लैपटौप लगा सतरंगी फिल्म देख रहा था। शायद इसी जंगली अकेलेपन ने उसे ये शौक दे दिया था। गोगो आधी रात तक भी नहीं आया। चन्ना पूर्णिमा की चांद की रोशनी में दमक रही थी। गोगो की चिंता में चहलकदनी कर रही थी। मैनग्रोव के एक पेड़ से दूजे तक, और फिर वापस पहले तक।

रजा की दिली इच्छा थी कि जाकर उसका मन बहलाए। नग्में सुनाए। पर ये दूसरी जाति, दूसरा कौम, दूसरी प्रजाति। मानव और बाघ कभी एक नहीं हो सकते।

आधी रात गये जंगल के दूसरे हिस्से से बहुत रोशनी आने लगी, कुछ अजीब सा शोर था, जो इस घने जंगल से छनकर आ रहा था। ये तो तय था, ये मानवीय आवाजें थी। रजा ने भी कान लगाया और दूर खड़ी चन्ना ने भी। रजा तफ्तीश पे निकल पड़ा। आवाजें बस्ती की ओर से आ रही थी। रजा अक्सर नहाने-धोने बस्ती जाया करता। उसका रस्ता अंधेरे में भी ढूँढ लेता।

जैसे-जैसे रजा बढ़ता गया, आवाजें बुलंद होती गई। किसी बंगाली उत्सव सा माहौल था। ढोल बज रहे थे, और सब एक साथ किलकारी कर रहे थे। मशालों की लौ चारों ओर रोशनी बिखेर रही थी।

बस्ती के झोपड़ों के बीच एक खाली मैदान में एक नुकीला भाला गड़ा था। गोगो ऊपर भाले की नोक पे लटके पड़े थे, झंडे की तरह। काली-नारंगी धारियाँ। भाला रक्त-शोणित। सारे लकड़हाड़े घूम-घूमकर विजय नृत्य कर रहे थे।

रजा देख न सका। बोझिल कदमों से वापस जाने लगा। आधी दूरी ही तय करा था कि सामने चन्ना साक्षात् दुर्गा रूप में तमतमायी खड़ी मिली। मानवों ने कुछ गुनाह नहीं किया गर मानव-भक्षी को मार झाला। पर बाघिनी में ये तर्क-शक्ति, वो विवेक कहाँ? गोगो की वीभत्स-मृत्यु पर उत्सव हो रहा था, और चन्ना का खून खौल रहा था। प्रतिशोध एक पाशविक चेतना है। मनुष्य प्रतिशोध ले, तो वो पशु से कम नहीं।

पर क्या मेरे प्रिय वन्यजीवन फोटोग्राफर रजा को ही बलि चढ़ना था? या वो शायद खुद ही चन्ना को समर्पित होना चाहते थे। चन्ना रजा की टांग खींचती अड्डे तक ले गयी। जब उसकी दोनो जांघे खा गई, और रजा ने उफ्फ तक नहीं की, उसे बख्श दिया और दलदलों की ओर चली गई।

रजा अब अपंग है। चन्ना फिर कभी नहीं दिखी। सुंदरबन में मानवों का भक्षण समाप्त हो गया। या शायद बाघ ही समाप्त हो गये।

10

आत्महत्या में

बड़े भले मानुष हैं पाटिल साब। एकदम गाय कह लो। तभी भगवान की भी असीम कृपा है। मरियल दुबला-पतला शरीर लेकिन आज तक जुकाम भी न हुआ।

महाराष्ट्र में लातूर क्षेत्र में बड़ा जलजला आया, तो पाटिल साब आंगन में किलकारी कर रहे थे। ८ मास की अवस्था थी, ठीक से चल भी न पाते। पूरा परिवार मकान के ध्वस्त होने से मलबे में दब कर मर गया। शिशु पाटिल साब को प्रतीत हुआ कुछ खेल चल रहा है। ताली पीट-पीट कर हंसने लगे। पुणे वाले चाचाजी अनाथ पाटिल साब को लेकर पुणे आ गये।

वो और उनके चचेरे भाई किशोर उर्फ कुशाभाऊ दोनों समवयस्क। साथ-साथ हाथ पकड़ स्कूल जाते। स्कूल के अव्वल फुटबॉल खिलाड़ी। दोनों ही स्ट्राइकर। स्कूल को ढेर सारे पदक दिलवाते। पर कुशाभाऊ महीने-दो महीने में अनफिट हो जाते। कंधे की हड्डी तीन बार टूट गयी और अब टखना। पाटिल साब स्कूल से वापस आते वक्त नारंगी लेते आते, कुशाभाऊ प्लास्तर चढ़ाए नारंगी खाते। किशोरावस्था थी। नारंगी खाते खुराफाती योजनाएं बनती। अमूमन छोटे-मोटे लेकिन आज कुछ अलग थी।

कुशाभाऊ बोले, "ये फुटबॉल के बिना जीना भी कोई जीना है। कल आते वक्त थोड़ी जहर ले आना।"

"जहर! उससे तो आप मर ही जाओगे।"

"हाँ, तो अगले जनम में फिट होकर आऊंगा। इस बार भगवान ने ठीक से बनाकर नहीं भेजा।"

"बात तो सही है। पर, मैं अकेले क्या करूंगा?"

"तो तुम भी खा लेना। चूहे मारने वाली गोली। जहर कहोगे तो नहीं मिलेगी।"

अगले दिन छुपते-छुपाते पाटिल साब चूहे वाली फॉस्फाइड गोली लेकर आए। कुशाभाऊ की आँखे ऐसे चमक गयी जैसे कैडबरी जेम्स की गोलियाँ लाये हों।

उन्होंने फैसला किया कि शाम को दूरदर्शन पर 'चित्रहार' देख कर ही मरना ठीक रहेगा। चाचाजी पॉम्फ्रेट मछली भी ले आए थे। खा-पीकर सुबह मरने की योजना बनी। स्कूल जाने के ठीक पूर्व। होमवर्क भी न करना पड़े। दोनों में मरने का उत्साह देखने लायक था।

इसी उत्साह में ऐसी नींद आई कि सुबह अलार्म की घंटी भी न सुनी। ताई ने जोर-जोर से आवाज दी तो हड़बड़ाकर उठे। कुशाभाऊ को भी झटककर उठाया। पाटिल साब जल्दी से नहा-धोकर मरने के लिये तैयार हो गये। कुशाभाऊ बैठे-बैठे 'सुसाइड नोट' लिख रहे थे। कविता का शौक था, कुछ यूँ लिखा,

"जा रहे फरियाद लेकर,

इन्कलाबी हम दोनों।

कर गुजारिश उस खुदा से,

वापसी फिर आयेंगे

जो बदन कमजोर भेजा,

वो भला किस काम का?

भंगार लेकर जा रहे हैं,

श्रृंगार लेकर आयेंगे।"

पाटिल साब ने तारिफ में तालियाँ बजायी, और किचेन से गरमा-गरम पोहे लेकर आ गये। चूहे की फॉस्फाइड गोली पोहे पे डाल, नींबू निचोड़ दिया।

इतनी तड़केदार आत्महत्या शायद ही किसी ने की हो।

कुशाभाऊ पहले चम्मच में ही लुढक गये, और मुँह से झाग निकलने लगा। पाटिल साब दो-चार चम्मच गटक चुके थे और कुछ न हुआ। साले बहुत मिलावट करने लग गये हैं, अब तो जहर में भी! मरा भी नहीं, और होमवर्क भी नहीं किया। खैर, कुशाभाऊ की अर्थी उठने की वजह से स्कूल से वैसे ही एक हफ्ते की छुट्टी मिल गयी।

होमवर्क का टंटा ही खत्म और कुशाभाऊ के कमरे पे एकछत्र राज भी हो गया। बस उनके चिकित्सक ने 'सुसाइडल टेन्डेंसी' यानी आत्महत्या की मानसिकता का उपचार चालू कर दिया।

स्कूल के प्रधानाचार्य ने शिक्षकों को खास हिदायत दे दी। पाटिल साब को कोई मुर्गा नहीं बनाएगा। डिप्रेशन का मरीज है।

पाटिल सा'ब को स्कूल के बाद इंटर कॉलेज और फिर मेडिकल कॉलेज में दाखिला मिल गया।

चार-पाँच साल हो गये थे हादसे को। पाटिल साब की दवाई भी बंद हो गई थी। चचाजी से मिन्नतें कर हॉस्टल में रहने की इजाजत ले ली। बड़ी कठिन है मेडिकल की पढ़ाई। सुना है रात को भी हस्पताल में कक्षायें लगती है। घर से पढ़ाई नहीं हो सकती। और वहाँ तो डॉक्टर ही डॉक्टर है, बचा लेंगे।

पाटिल साब का पहला रूममेट जलगाँव का फैसल खान। हमेशा एक ही मुद्रा में रहता। भृकुटियाँ तनी हुई, और नाक फनफनाते। जैसे अभी अभी हरियाणा रोडवेज की बस से उतरा हो। आखिरी बार जब हँसता हुआ पाया गया, परिवार वालों ने पूरे मुहल्ले में मिठाई बाँटी थी।

पाटिल साब ने भी बहुत जुगत लगाई। कई चुटकुले सुनाए। चुपके से गुदगुदी की। मैजिक मिरर जिसमें टेढ़े-मेढे विकृत चेहरे दिखते, वो लगा दिया। पर फैसल नहीं हँसा। चेहरे की हर माँसपेशी में जैसे कोई मसखरा बचपन में गाँठ लगाकर भाग गया हो। या बोटोक्स के खिंचाव वाले इंजेक्शन लगा दिये हों।

कॉलेज का पहला वर्ष था। मुर्दों की चीर-फाड़ से ही डॉक्टरी की शुरूआत होती है। पहले तीन महीने हाथ और पैर चीरो, फिर पेट, आखिरी में छाती और खोपड़ी। खूब हँसी-मजाक का माहौल होता। डिसेक्शन-टेबल पे ही पाटिल साब को पहला प्यार भी हो गया। दोनों खूब प्यार से मुर्दा चीरते, और वो छेड़खानी में मुर्दे में लगे फार्मेलिन गाल पर लगा कर हँसने लगती। ऐसा वीभत्स प्रेम बस यहीं संभव था।

इस मुर्दैबाजी वाले विषय को 'एनाटोमी' कहते हैं। बड़ा अक्खड़ विषय है। ५००-६०० मांसपेशियाँ कहाँ से कहाँ जाती है? कौन सी हड्डी कैसे जुड़ती है? कोई हिसाब-किताब नहीं, बस रट्टे मार लो। सारे अध्यापक भी मुर्दों के बीच रहकर भावहीन हो गये थे। आप के मन को भाँप लेते, और वही सवाल करते जिसे छोड़ कर आपको सब कुछ आता हो। वो आपको गिड़गिड़ाता रोता, घिघियाता देखते तो खुशी होती। जो भावहीनता से जवाब देता जाए, वो फेल।

फैसल तो जीता-जागता मुर्दा था। न मुस्कुराया, न गिड़गिड़ाया।

पाटिल साब पास होने की खुशी में नाचते आये, तो फैसल भाई पंखे से लटके पड़े थे। कुछ कुशाभाऊ की तरह। लेकिन कुशाभाऊ प्लास्टर में बेड पर पड़े हुए असहाय दिख रहे थे, जबकी फैसल तो भगत सिंह की तरह लटका था। तिरछे होठों की खिंचाव से हल्की मुस्कुराहट भी थी आज।

पर सुसाइड नोट फैसल की तरह सूखा, "अम्मी-अब्बा। अलविदा।"

कुशाभाऊ के नोट में दम था।

चचाजी ने पाटिल साब को घर बुला लिया, और प्यार से हिदायत दी कि कभी आत्महत्या की मत सोचना। तुम्हारे सिवा अब है ही कौन? पाटिल साब ने भी मरने का प्रोग्राम बहुत पहले कैंसिल कर दिया था। दोनों फैसल और कुशाभाऊ यूँ तो मासूम से थे, मरने के बाद बड़े डरावने दिख रहे थे।

मेरी दोस्ती पाटिल साब से इत्तेफाक से रही होगी। कोई खास घनिष्ठता नहीं रही। इसलिये शायद आजतक जिंदा हूँ।

एक मित्र की शादी में दोस्तों के साथ पटना जाना हुआ। पाटिल साब भी साथ हो लिये। महाराष्ट्र से पहली बार बाहर निकले थे। इलाहाबाद की नैनी पुल पे विशाल यमुना को देख नाचने लगे। पटना की महात्मा गांधी सेतु आते-आते सब्र का बांध टूट गया। गाड़ी रूकवाई, और कपड़े खोल पुल पर बेतहाशा दौड़ने लगे। पहली बार बिहार को कोई दिलदार टूरिस्ट मिला था। जिसे इस पुरानी सेतु में सौंदर्य दिख रहा था। थोड़ी ही देर में पाटिल साहब पुल की रेलिंग पर 'टाइटैनिक' पोज में बांहें फैला कर खड़े हो गये। पतले-दुबले थे और हवा तेज थी, पुल की दूसरी ओर ढुलक गये और रेलिंग पकड़ 'बचाओ बचाओ' चिल्लाने लगे।

हम सब बेतहाश तो जो भागे सो भागे, पुलिस की गाड़ियाँ भी सेकंडों में आ गईं। बिहार पुलिस ने हतप्रभ कर दिया। इतनी तेज तो न्यूयार्क के हडसन ब्रिज से लटकने पे भी पुलिस न आए। पर मामला कुछ और ही था।

बिहार के प्राथमिक शिक्षकों को सालों से वेतन नहीं मिला था। उनके लीडर ने धमकी दी थी कि सेतु से कूदकर जान दे देंगे। कमिश्नर साहब खुद इस आत्महत्या को रोकने आये थे। बनयान में सेतु से लटके पाटिल साब और वो भी उसी दिन उसी समय। क्या इत्तेफाक? पुलिस वालों का कन्फ्यूज होना लाज़मी था। इधर पाटिल साहब बचाये गये और उधर छपाक् की आवाज। आत्महत्या करने वाले शिक्षक कूद चुके थे और पाटिल साब फिर से बच गये।

हो सकता है ये सब एक इत्तेफाक हो। पाटिल साब का सीधा रोल भी नहीं नजर आता। हमने कहा भाड़ में जाए। खूब दारू पी और पटना की सड़कों पर बारात में खूब नाचे।

कुछेक चार महीनों बाद एक अजीब सी घटना हुई। जिनकी शादी में हम शरीक हुए, वो भी चल बसे। बाथरूम में लटके मिले।

अक्सर भारतीय ट्रकों के पीछे कुछ विशेष उक्तियाँ होती हैं। उनमें से एक जो मुझे काफी प्रभावित करती है, वो है, "लटकले बेटा तो गेले बेटा"।

11

नक्सल बाबा

"ये पद्म श्री, पद्मभूषन में क्या रखा है? जो चाटते हैं, उन्हें मिलती है। अब कोई मैग्सेसे दे तो और बात है। चाहत तो नोबेल की है।"

मेरी विदेश यात्रा से पूर्व नक्सल बाबा के यही आखिरी लफ्ज याद हैं। पुरानी यारी थी तो मिलने जाना पड़ा और वो भी अरूणाचल की दुर्गम जेमिथांग घाटी!

ये तो फिर भी सुलभ थी। बागडोगड़ा से होते हुए सुभानसरी, और फिर एक आर्मी गाड़ी की मदद से घाटी तक। पहले तो बस्तर के वीराने जंगलों और उड़ीसा के अजीब सी जगहों पर बाबा मिलते थे। जब भी मिलते, लंबी-लंबी छोड़ते।

ये लंबी-लंबी छोड़ने की आदत हम तीनों मित्रों में थी। मैं, विक्रम सान्याल और सत्येन्द्र वर्मा उर्फ 'सत्तू'। जहाँ से एक बात खत्म करता, वहीं से दूजा आगे ले जाता। रिले रेस की भाँति। रात की रात निकल जाती, पर बात खत्म न होती। पर हमारे रास्ते एक तिराहे पर रूक कर तीन दिशाओं में चल पड़े। 'लेफ्ट', 'राइट' और 'सेंटर'।

दरअसल ये सारा किया कराया वेंकट सर का था। वेंकट सर क्विज विजेताओं को बोरियत से भरी किताबें पकड़ा देते। कहते हैं शिक्षक हमें समाज का आईना दिखाते हैं। इसी चेष्टा में उन्होने भी एक प्रयोग किया, जो शायद बुरी तरह सफल रहा। हम तीनों को तीन किताबें परोस दी।

मुझे जॉर्ज ऑरवेल की 'एनिमल फार्म'; सत्यव्रत वर्मा को हिटलर की 'मीन कैम्फ'; और विकास सान्याल को मार्क्स की 'कम्युनिस्ट मैनिफेस्टो'। तीनों ने भूरे रंग के गत्ते लगाये। ऊपर प्लास्टिक की कवर चढ़ाई और रोज रात पन्ने पलटने लग गये।

पन्नों के साथ-साथ शायद हम भी पलटने लगे। एक राष्ट्रवादी, एक साम्यवादी और एक पूंजीवादी कह लो।

शुरूआत सान्याल साब ने करी। एक दिन स्कूल से भाग लिए। कोई नयी बात नहीं थी। रात को हॉस्टल से भागकर एडल्ट मूवी देखने का नया नया शौक था। पर इस बार सान्याल साहब गायब ही हो गये। घर खबर दी, वहाँ भी नहीं। पुलिस में रपट लिखाई, वो भी बेकार। समझ नहीं आता, ये साम्यवादी भागते कहाँ हैं? जिसको देखो 'चे गुवैरा' बनने चला है।

सत्यव्रत वर्मा उर्फ सत्तू 'शाखा' जाने लगे और स्वयंसेवी संघी बन गये। बचपन से ही मोटू सेठ, पर संघियों ने निकर में दौड़ा-दौड़ा कर सब सपाट कर दिया। बदन भी, दिमाग भी। विश्व हिंदू परिषद से भी जुड़ गये और बजरंग दल से भी। 'दंड' और 'नियुध' खेलों के जिला भर में सूरमा थे। मतलब लाठीबाजी और मार्शल आर्ट्स जैसी युद्ध शैली में। शाखा में वाद-विवाद और भाषण भी होते, और सत्तू की उत्तेजकता खूब सराही जाती।

जब कार-सेवकों की टोली अयोध्या गयी, सत्तू भी जिले से शरीक हुए।

"सबसे ऊपर चढ़ा था मैं! गुंबज टूटते ही सीधे नीचे गिरता। इसलिये कोई ऊपर चढ़ने की हिम्मत न करे। मैं तो 'जय श्री राम' बोलता गया, ऊपर चढता गया। जब गुंबद पे हथौड़े मारे, मस्जिद ध्वस्त।" सत्तू ने अयोध्या से आकर शेखी बघारी।

मैंने भी मसखरी में छेनी-हथौड़े के साथ कार्टून बना डाला, और नीचे लिखा, "सत्तू: द बाबरी ब्लास्टर"।

खैर वो किशोरावस्था और यौवन के बीच की उछल-कूद थी। सत्तू अब एक सम्मानित हस्ती हैं, और सान्याल साब भी नक्सल बाबा बन चुके है।

विकास सान्याल के स्कूल से भागने से 'नक्सल बाबा' बनने तक का सफर बीहड़ जंगलों से होकर गुजरा। हालांकि प्रवेश सुलभ था। नक्सलबाड़ी में कुछ दूर के रिश्तेदार निकल आये, और कैडर में बंगालियों की बहुलता थी। सान्याल वक्ता भी अच्छे थे, मेरे और सत्तू की ही तरह।

बंगाली लोग अमूमन शांतिप्रेमी होते हैं, लड़ते नहीं। लेकिन एक बार पिनक जायें तो धरती सर पर उठा लें। आस्तीन चढ़ा लेंगे और खूब वाक् युद्ध करेंगें। मात्र नक्सलबाड़ी में ही बड़े-बड़े शूरमा मौजूद थे भले ही दांत टूट गये हों। किताबें भी खूब पढ़ते और 'लाल सलाम' का नारा भी। सात्विक भोजन और साधारण रहन-सहन। आधुनिक हथियार चीन से आते, और ट्रेनिंग भी शानदार। बहुत जल्द सान्याल भी छोटे-मोटे कमांडर बन गये।

सान्याल वैसे भी हमारे ग्रुप के कमांडर थे। कैसे मेस के कर्मचारियों को चकमा देकर जलेबी चुरा लेते? मैं और सत्तू एक बड़ा सा बर्तन गिरा कर हंगामा करते, मेस वाले दौड़ कर देखने आते। पीछे से सान्याल जलेबियाँ चुरा ले जाता। गुरिल्ला तकनीक का सरगना था सान्याल।

लेकिन यहाँ जलेबियाँ नहीं चुराने थे, पुलिस की चौकियां उड़ानी थी। विकास सान्याल को पूर्वाभास होता कि अमुक दिशा से पुलिस आक्रमण करेगी। वो कैडर को तैयार कर लेते। धीरे-धीरे इस अद्भुत क्षमता के लिये वो 'नक्सल बाबा' कहे जाने लगे। और शायद यही वजह रही कि कभी पकड़े न जा सके।

नक्सलवाद की पहुँच सिर्फ बीहड़ जंगलों में नहीं थी। नक्सल बाबा जादवपुर से जवाहर लाल नेहरू विश्वविद्यालय तक मशहूर थे। वारंगल में तो नक्सल बाबा का नाम आज भी छात्र लेते हैं। भेष बदल-बदल कर घूमते। अच्छा बोलते तो लड़कियों में भी सिक्का जमता। नक्सल बाबा की चांदी ही चांदी।

"जंगल में मंगल भी तो साम्यवाद है।" नक्सल बाबा ने दो-चार पेग गटक कर बोला।

"फिर तो आदिवासियों के साथ भी तुमलोग सेक्स करते होंगे?" मैंने कौतूहल से पूछा।

"साम्यवाद है। कोई जबरदस्ती नहीं। बाकी, दो कॉमरेड दिल से कुछ भी करें।"

"बहुत मजे ले रहा है सान्याल।"

सत्तू भी अक्सरहाँ सान्याल से मिलता रहता। वैसे जब से राजनीति में गया, ये काम छुप कर करता। वो अपनी छात्र-संघ मजबूत करता, सान्याल अपनी। और छुप कर दोनों खूब दारू पीते। कभी-कभी हम तीनों। पर धीरे-धीरे सब में अकड़ आ गई थी। अक्सरहाँ वाद-विवाद में दोनों अपने तमंचे भी निकाल लेते, बड़ी मुश्किल से सुलह कराता।

नक्सल बाबा की हेकड़ी तब उतरी जब वो बस्तर गये। वहाँ नक्सलवाद अपने वीभत्स रूप में था।

पुलिसवालों की खोपड़ी से फुटबॉल खेल कर आनंद लेते नक्सल। सबके सर पर खून सवार। आदिवासी लड़कियों को उठाकर कैडर में शामिल करते। नक्सल बाबा की एक न सुनते।

बाकी जगह मनोरंजन खत्म हो रहा था। नक्सलवाद सिमटकर यहीं रह गया था। नक्सल बाबा रोज कुछ क्लास लेते और बाकी वक्त किताबें पढ़ते बिताते।

बाकी जंगल में मंगल के इंतजामात तो थे ही। मन लगा रहता।

अब पूर्वाभास क्षमता भी खत्म हो रही थी। कभी पुलिस तो कभी 'सलवा जुदुम' ने नाक में दम कर रखा था। जूनियर कैडर खूब गाली देते बाबा को। कोई 'लाल सलाम'। कोई अभिवादन नहीं।

एक बारी चीन भी गये, कि कुछ जुगाड़ लगे। उन्होंने भी दुत्कार दिया। नक्सलबाड़ी के कॉमरेड की जो इज्जत थी, वो बस्तर वालों की कहाँ? कहाँ पटक दिया बाबा को?

दाढ़ी बढ़ गई थी और कमजोर हो गये थे जब मैं उस वक्त छत्तीसगढ़ में जगदलपुर में मिला।

"सत्तू से बात करता हूँ। सरेंडर कर आराम की जिंदगी जियो।" मैंने सुझाव रखा।

"हाँ, बस कुछ दिन और उड़ लूँ, फिर सरेंडर भी कर दूंगा। और मिशन भी तो ज्यों का त्यों है।"

"अरे, कहाँ आदिवासियों के लिये लड़ोगे? जो पचास साल में वहीं के वहीं है।"

"तभी तो।"

"नक्सल बाबा! शादी-वादी करो। ये जंगल में मंगल से कब तक?"

शायद नक्सल बाबा ने मेरी बात ध्यान से सुनी, या जबरन निकाले गये। प्रिंट मिडिया में खबर आयी, नक्सल बाबा ने नक्सलवाद त्याग दिया।

वो कहाँ थे, पता नहीं। पर मैंने और सत्तू ने इसी खुशी में खूब दारू पी।

उनकी एक बंगाली कविताओं की किताब भी प्रकाशित हुई। मुझे एक प्रति मिली। बहुत ही बकवास कविताएँ थी। उन्हें जरूर बस्तर से धक्के मार कर निकाला था। कविताओं में कुछ ऐसा ही अंतर्द्वंद था।

नक्सल बाबा दिशाहीन हो गये थे। पूंजीवादी और कुछ राष्ट्रवादी विश्व चला रहे थे। साम्यवाद तो दीवाली के गीले पटाखों की तरह फुस्स हो गया था। लेनिन और मार्क्स तो अब पढ़ाए भी नहीं जाते।

नक्सल बाबा पे दया तो आ रही थी, पर उनसे कोई आशा न थी। वामपंथ की डूबती नैया पर भला कौन सट्टा लगाए?

पर मैं शायद गलत था। मुड़ कर देखता हूँ तो हम तीनों में सबसे खुली जिंदगी नक्सल बाबा ने जी। पढ़ाई छोड़ के भाग गये। नियम कानून की ऐसी की तैसी। कोई संपत्ति नहीं। कोई लालसा नहीं। फोकट में जंगल में मंगल।

अब ये नया टाइम-पास ही ले लो।

अरूणाचल के जेमिथांग में एक बांध बनेगा। तरक्की होगी। संसाधन आयेंगें। सत्तू की पार्टी से लेकर हर पार्टी का समर्थन है। भारत के 'चिकेन लेग' यानी उत्तर-पूर्व के विकास की एक कड़ी है।

पर नक्सल बाबा ने रस्ता रोक रखा है। कहते हैं साइबेरिया से एक 'क्रेन' चिड़िया आती है, वो न आ पायेगी।

मेरा अवसरवाद बोला "अजी हद है। चिड़िया है! अपनी नयी जगह ढूँढ लेगी। "

सत्तू के राष्ट्रवाद ने अनुमोदन किया, "और कौन सी अपनी देश की चिड़िया है? विदेशी चिड़िया से क्या प्रेम?"

नक्सल बाबा कुछ न बोले। कुछ बंगाली लोकगीत गुनगुनाने लगे।

वेंकट सर की किताबों का फर्क था। राष्ट्रवाद और पूंजीवाद कितने भी तार्किक और प्रायोगिक लगे, साम्यवाद पे थोपना मुश्किल ही नहीं नामुमकिन था।

12

मयूरी डॉट कॉम

छुटपन के महिला मित्र को लंगोटिया यार कहना शायद वाजिब न हो, पर हम जरूर डाईपर-मुक्त युग में चड्डी पहने साथ दौड़ते थे। वो अक्सर हर खेल में जीत भी जाती, खासकर कंचे खेलने में। पतंग उड़ाने में भी मोहल्ले की लीडर थी। पहले अपने पूँछ वाले लहराते पतंग से सबको ललचाती। जैसे ही कोई डोर फँसाता, उसके अंडे और काँच के बुरादों वाले तीखे माँझे झट से प्रतिद्वंदी के पतंग काट देते। मैं तो बस पतंग लाने दौड़ता और मयूरी को ऐसे लाकर देता जैसे मुगलों का सेनापति विरोधियों का सर काटकर लाया हो। मयूरी बेगम भी जीते हुए पतंग अपनी छत पे विजय पताका की तरह लटका देती।

जब अक्ल आयी कि इससे जीतना मुश्किल है, तो 'डेंगा-पानी' और 'पिट्टो' या 'सतोला' जैसे मर्दाना खेल खेलने लगा। मयूरी लड़कियों वाले 'इक्खत-दुक्खत' यानी 'कित-कित', हॉप-स्कॉच जो भी कह लो, में चैंपियन बन गयी। ये खेलों का लिंगानुसार विभाजन न होता, तो शायद मयूरी हर खेल में सिरमौर होती। हम क्रिकेट-फुटबॉल तक पहुंच गये, पर मयूरी बस खो-खो तक।

एक रिक्शे पे आगे-पीछे बेंच लगाकर 12 बच्चे स्कूल जाते, और मयूरी रानी की तरह केंद्र में बैठती। कद सबसे ऊंची, बाल बचपन से ही खुले और लंबे, आँखों में काजल, और चारों ओर निकर-स्कर्ट वाले 11 बच्चे। रिक्शे पे दूर से ऐसा प्रतीत होता दुर्गाजी की मूर्ति अपने दस भुजाओं के साथ विसर्जन को जा रही हो।

हमउम्र ही थी, पर सब अनायास ही लीडर बना लेते। क्यूँ, समझ नहीं आया। छुटपन में सौंदर्य की भी समझ नहीं थी, कि वो एक कारण रहा हो। लीडर के लिये सौंदर्य कोई मापदंड है भी नहीं। मार्गरेट थैचर से हिलेरी क्लिंटन तक लीडर सौंदर्य में औसतन ही रहे। मयूरी मेरी नजर में इन दोनों से सुंदरता में बीस ही थी, उन्नीस

नहीं।

दो रूपये रोज स्कूल का पॉकेटखर्च मिलता, जिससे हम स्कूल के बाहर 'कैंडी-फ्लॉस' या 'हवा-मिठाई' खरीदते। स्कूल के गेट के दोनों तरफ दो कैंडी-फ्लॉस वाले अपने-अपने डंडे में रूईनुमा रंग-बिरंगी हवा-मिठाई लगाकर खड़े होते। जैसे ब्रिटेन के महारानी पैलेस के बाहर रॉयल गार्ड खड़े होते हैं। ठीक लंच या टिफ़िन की घंटी बजते ही हमारा झुंड उनके पास दौड़ पड़ता। मयूरी हम सबका नेतृत्व करती और एक खास कैंडी-फ्लॉस वाले की ओर ले जाती। पर कभी पैसे नहीं देती। बाकी गौर नहीं करते पर ये मेरे लिये कौतूहल बन गया था।

एक कौतूहल और था। वो दूसरे रेड़ी वाले से खरीदकर एक कैंडी-फ्लॉस रोज और खाती।

मयूरी महारानी के सेनापति होने के नाते इस राज का खुलासा आखिर हो ही गया। ये एक सौदेबाजी थी। वो अपने गुट के अधिकतम बच्चों को एक की तरफ ले जाती। इस 'कैन्वासिंग' या 'मार्केटिंग' के बदले वो कैंडीफ्लॉस वाला मुफ्त खिलाता। लेकिन व्यापार-जगत की प्रतियोगिता को बरकरार रखने के लिये, वो अपने पैसे से दूसरे रेड़ीवाले का माल भी खरीदती। उसने ये भी बताया कि गुणवत्ता में दूसरे की मिठाई असल में ज्यादा अच्छी है और इसलिये उसे किसी 'कैन्वासिंग' की जरूरत भी नहीं।

पहली कक्षा में गणित का टॉपर भले ही मैं रहा, गुणा-भाग तो क्या वर्गमूल (square root) भी कर लेता था। लेकिन मयूरी के अर्थशास्त्र के समक्ष खुद को बौना महसूस कर रहा था।

೧๑

दोस्त से मिलने को जब 'अपॉइंटमेंट' लेना पड़े, मतलब दोस्त तरक्की कर गया। थोड़े समय के लिये बंबई गया था, पर मयूरी से बिना मिले कैसे आता? फोन व्यस्त था, और एक उत्तर देने वाली मशीन से जवाब आया कि अमुक नंबर पे 'अपॉइंटमेंट' ले लूँ।

एक पल के लिये तो आत्मसम्मान को आघात लगा। सम्माननीय डॉक्टर हूँ, कोई सड़कछाप 'टेंडर' मांगने वाला नहीं। लेकिन फिर दिल को मनाया। दस साल हो गये थे मयूरी को देखे। आखिरी बार जमशेदपुर के जेवियर प्रबंधन संस्थान (XLRI) में मिला था। कंधे तक कटे रेशमी बाल। कानों में डिजाईनर बालियाँ। टीशर्ट की छाती पे अंग्रेजी की एक भद्दी गाली तोड़-मरोड़ कर लिखी। खिलखिलाती। हाथ पर ताली मारती। पर अलविदा करते वक्त गले से ऐसे लगाया

जैसे बरसों पहले स्कूल के आखिरी दिन लगाया था।

बालसंगियों से क्या आत्मसम्मान? फोन घुमाया और शाम ५ बजकर बीस मिनट का 'अपॉइंटमेन्ट' ले लिया।

नरीमन प्वाइंट के एक ऊँची इमारत मित्तल टावर की ११वीं मंजिल। नीचे 'इंफोसिस' का ऑफिस और ऊपर मयूरी की कंपनी का। प्रतीक्षा-कक्ष में इंतजार करते मोबाइल इंटरनेट पे कंपनी का चिट्ठा निकाला, तो ये वित्त सॉफ्टवेयर के क्षेत्र में विश्व की नामी कंपनी निकली। फॉर्च्यून मैगजीन के हिसाब से मयूरी विश्व की सबसे प्रभावशाली महिलाओं में एक थी। एक पल के लिये सोचने लगा कि ये बिल गेट्स वगैरा सब बड़ी-बड़ी इमारतों से पतंग उड़ाते होंगें, और मयूरी झट से काट देती होगी। मेरी नजर में प्रभावशाली मयूरी की परिभाषा यहीं तक सीमित थी।

मैं घड़ी में पाँच बजने का इंतजार कर ही रहा था कि किसी ने हाथों से आँखे बंद कर दी। छुटपन का पुराना खेल था, लेकिन हाथ बदल गये थे। अब उंगलियाँ पतली नुकीली हो गयी थी, और पकड़ मजबूत हो गई थी। जो भी हो बंबई के इस ऑफिस में ऐसी हरकत मयूरी के अलावा कोई नहीं कर सकता।

मयूरी को देखा तो ठगा रह गया। गालों की चमक से आँखें चौंधिया गयी। ऊंची सैंडल में मुझसे चार ऊंगलियाँ और बड़ी हो गई थी। घुटनों तक की काली वन-पीस सूट जो पीछे से कटी होती है, पता नहीं क्या कहते हैं? बड़े-बड़े सेलिब्रिटी वगैरा पहनते हैं।

आज मयूरी के साथ खड़े होकर सीना तन गया था, स्कूल के दिनों की तरह।

"समय बस बीस मिनट हैं। एक साथ में फोटो खिंचवालूँ फेसबुक के लिये?" मैंने पूछा।

"डॉक्टर साहब! बीस मिनट में तो औरतों को औरगेज्म हो जाता है। आप फोटो पर अटके हो।"

"दिख रहा है, काफी बोल्ड हो गई हो?"

"तुम तो वैसे ही चमनलाल! बच्चे-वच्चे पैदा कर पाए या नहीं?" मयूरी ने गुदगुदी करते पूछा।

"मेरी छोड़ो। तुम्हारी शादी?"

"लड़का ढूँढ दो अपने टाइप। चमनलाल।" और जोर का ठहाका मारा।

ऑफिस वाले भी उचक-उचक कर अपने क्यूबिकल से ऐसे देखते जैसे मैडम का ये रूप अजूबा हो। शायद सोच रहे हों कि मैं भी कोई तीसमार खाँ ही हूँ, तभी मैडम के इतने करीब हूँ।

वापस बंबई से पुणे डेक्कन क्वीन एक्सप्रेस में बैठे मयूरी की सफलता की कहानी पढ़ रहा था।

भारत में 'डॉट कॉम बूम' यानी सॉफ्टवेयर क्रांति आ गई थी, लेकिन दो कंपनियाँ ही शिखर पर थी। बाकी या तो जम नहीं पा रहे थे या अनुभव नहीं था। मयूरी विदेश के कंपनियों का कॉन्ट्रैक्ट एक बड़ी कंपनी को दिलाने लगी। वो एक परछाई विज्ञापन या थर्ड-पार्टी विज्ञापन करने लगी। जैसे रामलाल कितनी भी रट लगा ले, आप उसकी दूकान के पेड़े तब तक नहीं खरीदोगे, जब तक कोई तीसरा उसकी तारीफ न करे। वो ऐसे ही तटस्थ यानी 'न्यूट्रल' स्रर्वे करती और एक कंपनी को बेहतर बताती।

वो कंपनी तरक्की करती गई, और दूसरी कंपनी गुणवत्ता के बावजूद डूबने लगी। पहली कंपनी से जो मेहनताना मिले, उससे मयूरी ने गिरती हुई दूसरी कंपनी खरीद ली। उधर उनकी तारीफें घटी, इधर गुणवत्ता पहले से और बढ़ी। मयूरी ऊँचाई चढ़ती गयी।

अपनी काबिलियत से शायद उसने वही कर दिखाया जो बरसों पहले कैंडी-फ्लॉस की रेड़ीयों के साथ किया था।

13

अक्खड़ भूटानी

भौतिकी की एक थ्योरी है कि हर कण (matter) का एक प्रतिकण (antimatter) होता है। भूटानी शायद मेरा वही प्रतिकण था।

बैंगलूर की गगनचुंबी इमारत के दसवीं मंजिल से भूटानी का घर किसी झोपड़े जैसा दिखता। आसपास बड़ी-बड़ी इमारतें बन गईं, सब ने जमीनें ऊँचे दामों पर बेच दीं। पर भूटानी का परिवार वहीं अड़ा रहा। झोपड़ा हटाया नहीं। एक बड़ी सॉफ्टवेयर कंपनी का शीशमहल कुछ अजीब सा दिखता, बिल्डिंग उत्तर-पश्चिम कोने पे कटी हुई। और वहीं अक्खड़ भूटानी का खानदानी खपड़ैल झोपड़ा।

एक बात और। भूटानी कोई खानदानी नाम नहीं था, वो सचमुच भूटान से था। अब भूटान के किस गाँव से, इसका तो कोई संज्ञान नहीं। भूटान है ही कितना बड़ा देश? 10-12 गाँव और बीच में दो-चार पहाड़ खड़े कर दो, बन गया भूटान! भारत जैसे बड़े देश से खड़े होकर भूटान और मेरी इमारत से खड़े होकर भूटानी का घर, एक जैसे दिखते।

भूटानी के दादा एक बौद्ध पंडित थे और बैंगलूर-कूर्ग के बीच कुशालनगर में रहते थे। आज भी उस इलाके में कई बौद्ध दिखते हैं। भूटानी के दादा वहीं एक कूर्गी महिला से विवाह कर बैंगलूर आ गये।

परिवार में सबकी बनावट लगभग एक जैसी। खिंची मांसपेशियाँ और चिपटे नाक। सब एक साथ खड़े हों, तो भी न उम्र से फर्क महसूस हो, न चेहरे से। दादा से पोते तक साइकल पर नजर आते। किसी के पास मोटरगाड़ी नहीं। जबकि भूटानी के पिता नामी-गिरामी चिकित्सक थे, और भूटानी भी मेरी तरह छोटा-मोटा डॉक्टर तो था ही।

बचपन से मुझे डॉक्टर बनने का शौक इसलिए था क्यूँकि बिहार में हर नयी मॉडल की गाड़ी डॉक्टरों के पास होती। जब अस्पताल में थोड़ी-मोड़ी कमाई आनी शुरू हुई, गाड़ी तो ले ही ली। अमरीका गया तो वहाँ भी खूब गाड़ी चलाया। ताज्जुब होता है कि बिन गाड़ी-घोड़े के लोग जीते कैसे हैं?

भूटानी के खानदान को जैसे गाड़ियों से एलर्जी थी। साइकल भी चलाते तो मुँह पर रूमाल बाँध कर। कुछ दिनों में तो अजीब से मास्क लगाकर चलने लगे।

"मास्क लगाने से अच्छा है गाड़ी चला लो भूटानी।" मैंने टोका।

"तुम्हें तो पता है, मैं प्रदूषण-विरोधी हूँ।"

"तुम्हारे छोटी नाक से वैसे भी कितनी गंदगी अंदर जायेगी?" मैंने चुटकी ली।

अक्सर रंगभेदी चुटकियाँ विवाद खत्म कर देती हैं। भूटानी भी मुँह मोड़ चला गया।

प्रदूषण विरोधी वैसे भी अजीब कौम थी। लोग राष्ट्रवादी, वामपंथी, कांग्रेसी, समाजवादी होते पर प्रदूषण-विरोधी क्या बला थी? भूटानी का परिवार अमरीका के अमिष समुदाय की तरह १८वीं सदी में जी रहा था। गाँवों से ताजी सब्जियाँ उठा कर लाना जबकि घर के ठीक सामने स्टार-बाजार में साफ-सुथरी सब्जियों का व्यापार हो। ये पागलपन नहीं तो और क्या है?

सौर-पैनल तो अब कई घर में शौकिया आ गये। भूटानी के आंगन में एक पवनचक्की भी थी जिसके पंखे मेरी दसमंजिली बालकनी के ठीक सामने धीरे-धीरे नाचते। बच्चे भी कौतूहल से देखते और भूटानी को 'विंड-मिल अंकल' बुलाते।

मुझे प्लास्टिक से प्रेम था, और भूटानी को नफरत।

"प्लास्टिक से क्या बुरा होगा? इसे बनाने में कौन से पेड़ कटते हैं?" मैं खीझ कर पूछता।

"इसको तुम 'रिसाइकल' या फिर से प्रयोग नहीं कर सकते?"

"नहीं करना मुझे फिर से वही प्रयोग। तुम्हारे पेपर में तो हजारों पेड़ कट जाएं। उसका क्या?"

"पेपर फिर से प्रयोग की जा सकती है।" भूटानी ने घिसा-पिटा जवाब दिया।

"मेरा टॉयलेट-पेपर और कंडोम तू फिर से प्रयोग करेगा? बात करता है।"

अक्सरहाँ वाद-विवाद जीतने के लिए मैं कुछ ऐसा ही ओछा प्रहार करता।

मैंने कभी कचड़ों में भेदभाव नहीं किया। कचड़ा कचड़ा होता है। चाहे टूटे बीयर के बोतल हों या जनाना पैड।

भूटानी के घर में बड़ा ताम-झाम। शीशा अलग, कागजी कचड़े अलग, खाने का कचड़ा अलग। ये नौटंकी पिछले 50 सालों से चल रही थी। पहले तो नगरपालिका

वाले भी चकरा जाते, पर अब थोड़ी-मोड़ी समझ आयी थी।

वाद-विवाद चाहे कितने भी हों, मैं और भूटानी कण और प्रतिकण की तरह साथ साथ चलते। अस्पताल में मेरी कार के बगल में उसकी साइकिल खड़ी होती। मैं सिगरेट के धुँये उड़ाता, वो नारियल पानी पीता। मेरी तोंद निकल रही थी, उसके पेट पर बल पड़े हुए थे।

अस्पताल से निकल ही रहा था। पार्किंग में भूटानी ने एक कार्ड पकड़ा दिया। पिछले पाँच सालों में भूटानी ने एक बार भी कभी न्यौता नहीं दिया। अलग-थलग रहता, तभी अक्खड़ भूटानी कहलाता।

"क्या हो गया भूटानी? कोई महाकुंभ है क्या? सदियों बाद आया है." मैंनें छेड़ते हुए कहा।

"हाँ, एक सदी बाद तो जरूर आया है।"

मैंने कार्ड खोल देखा। भूटानी के दादा ने सेंचुरी मार दी थी। उन्हीं की सौवीं वर्षगांठ का कार्ड था।

बुड्ढा सौ साल का हो गया। अभी भी 'नॉट-आउट' साइकल चलाते नजर आते। इस गति से शायद डबल सेंचुरी भी मार दें।

पता नहीं ये 'स्वच्छ भारत अभियान' वालों का प्रभाव था, या भूटानी के दादा का। प्लास्टिक मेरे घर से भी धीरे-धीरे गायब होने लगा।

14

हैरी बोल

गोरी अंग्रेजों में कुछ खास सौंदर्य नहीं, पर रंग २४ कैरेट गोरा, कमर पतली, और पैदाईशी खुलापन। भारतीय महिलायें जींस-टीशर्ट डालने तो लगी, पर गोलगप्पे-चाट खा-खा कर शरीर का कबाड़ा कर लिया, और धूप में बाजार घूम-घूम कर रंग सांवला।

मैं अंग्रेजी तो ताबड़तोड़ बोल लेता, लहजा भी थोड़ा मोड़ा अमरीकी। पर हमारे मोहल्लों में गोरियों की बस्ती न थी। कौतूहल होता ये गोरे आखिर भारत में रहते कहाँ हैं?

किसी ने कहा गोवा, तो दोस्तों के साथ तीन दिन गोवा तीर्थयात्रा कर आया। खुलापन तो वाकई सरेआम था, पर उनकी अपनी दुनिया लगी। ऐसा लगता, जैसे पास जाऊँ तो अमीरों के कुत्तों की तरह भौंक पड़ेगी। हिम्मत जवाब दे गई, सारी अंग्रेजी हवा हो गई। ग्राम दलितों की भाँति शाम तक सस्ती शराब में टुल्ल हो जाता और सड़क पर बड़बड़ाता चिल्लाता घूमता।

सुना है योग-संस्थानों में कई गोरियाँ आती है। पर वहाँ भी उन्होंने स्वदेशी-विदेशी विभाजन कर रखा था। हमें भारतीय रईस तोंदूमलों के बीच कपाल-भाति करते बिठा देते, और गोरों की क्लास अलग चलती। फिर सुना ओशो आश्रम में बड़ा जमावड़ा है। पुणे की जर्मन बेकरी में हर शाम रेकी करने पहुँच जाता। वहाँ तो सब खेले-खिलाये, रंगबाजी की पराकाष्ठा वालों की परेड थी। मुझे ऐसा प्रतीत हुआ जैसे नर्सरी कक्षा के बच्चे को विश्वविद्यालय के क्वांटम भौतिकी के क्लास में बिठा दिया हो।

भला ये चमनलाल जाये तो जाये कहाँ? जब भी ऐसी दुविधा में होता, शिवालय की घंटियाँ बजा देता या हनुमान जी को लड्डू चढ़ा आता। अक्सरहाँ मंदिरों में

मनोकामना पूरी हो जाती है। प्रेम ओर गोपियों का मामला था। भगवान कृष्ण से फरियाद की ठानी।

सत्यत: बड़ी शक्ति, बड़ी फैन-फौलोविंग थी भगवन की। क्या आलीशान पुणे शहर के केंद्र में मंदिर, क्या रईसों की टोली, और क्या भारतीय केसरिया कुर्तों में टहलती विदेशी गोरियाँ। यहाँ सिक्का जमने की थोड़ी-मोड़ी संभावना नजर आ रही थी। रोज मंदिर में हाजिरी देने लगा।

मेहनत रंग लाई। मंदिर के मुखिया ने कमरे में बुलवाया और एक माला पकड़ा दी। १००० बार भगवान के नाम जपने थे। अनवरत, नॉन-स्टॉप। मैं भी कृष्णभक्त में लीन हो गया। हाँ, कनखियों से गोरियाँ जरूर ताड़ लेता। जिस प्रेम से 'क्रिश्ना' बोलती, प्रेम दुगुना हो जाता।

महंत जी ने ब्रह्म-आरती जो सुबह ४ बजे होती, उसमें शरीक होने को कहा। ऐसा कोई इरादा नहीं था, पर ब्रह्म आरती में सुना कि गोरों की फौज आती है। जैसे-तैसे आधी नींद में लड़खड़ाते मंदिर पहुँचा, वहाँ तो धार्मिक डिस्को सा माहौल था। नाच-नाच कर हरि वंदना। मजा आ गया। हाथ में हाथ डाले एक गोल मानव-वृत्त बनाते, बीटल्स के जार्ज हैरिसन का कृष्ण-भजन बजाते, और कुछ असमिया बिहू नृत्य की भाँति बारी-बारी से एक टाँग आगे कर नृत्य करते। कुछ दिनों पहले एक पाश्चात्य नृत्य का प्रशिक्षण केंद्र जाता था। वहाँ पॉप गायक 'स्मोकी' के 'कोको जंबो' गाने पर कुछ ऐसा ही नचाते।

वैसे ये तिलिस्म अब टूटने ही वाला था।

नृत्य और गोरियों की मायानगरी से बाहर निकलते ही मंदिर कमिटी ने प्रसाद बनाने में लगा दिया। आटा घोलने वाला प्रसाद तो बना भी लेता, यहाँ तो लंगर की तैयारी थी। बोरियाँ भर आलू उबाल कर रखे थे, और सारे भक्तजन आलू छीलने बैठ गये। उबले आलू छीलना जितना भी सुलभ लगे, उँगलियों में लड़ाई छिड़ जाती है। अंगूठे को ताप लगता है, तो वो आलू को तर्जनी की तरफ ठेल दे। तर्जनी छोटी उंगली की ओर, वो वापस अंगूठे की ओर। एक आलू छीलने में ही अग्निपरीक्षा हो जाती है, यहाँ तो क्विंटल दर क्विंटल थे।

"क्या हुआ भक्त? पीड़ा हो रही है?" महंत जी ने जले पर नमक डालते पूछा।

"हाँ महंत जी! ऐसे काम की आदत नहीं।"

"आदत तो यहाँ किसी को नहीं। जिसकी जितनी अधिक भक्ति, उतनी कम पीड़ा। धीरे-धीरे भक्ति बढ़ेगी, पीड़ा कम हो जाएगी।" महंतजी ने दिलासा दिया।

उनकी मुस्कान इतनी पवित्र थी, मन तो करा एक उबला आलू दे मारूँ। लेकिन फिर दया आ गई। पता नहीं कितने क्विंटल आलू छिल कर इस पद तक पहुँचे

होंगें। सुना है किसी जमाने में एक शीर्षस्थ कंपनी में सॉफ्टवेयर इंजीनियर थे।

ऐसे शातिर इंजिनियरों को मथुरा-वृंदावन में पंडागिरी करने भेज दो, सारी हवा निकल जाएगी। एक बारी संगमरमर की तख्त दान करवाने के पीछे पड़ गए, जेब खाली कर दी। सालों बाद बच्चों के साथ मंदिर में नाम ढूँढने गया। राजस्थान के पीपड़ से लेकर चांदमल से बंगाल के पुरूलिया से टुकुल बोस तक मिल गये, बस मेरा नाम नहीं मिला। धर्मपत्नी ने अपनी ट्रेडमार्क आलोचक मुस्कुराहट दी। मैंनें तर्क दिया कि शायद भक्तों के कदमों से घिस गया हो।

खैर वो वृंदावन था और ये पुणे।

मुझे आभास हो गया, यहाँ भी दाल नहीं गलने वाली। सीधा अलौकिक प्रेमगुरु भगवान कृष्ण से लौकिक प्रेम गुरु शाहरूख खान पे आ गया, और दोस्तों के साथ 'कुछ कुछ होता है' सिनेमा देखने लगा। इस फिल्म में 'रघुपति राघव राजा राम' गीत सुनकर मन को शांति मिली। भक्ति की इतनी विधायें आ गई हैं, कुछ भी चुन लो। हर कोई ऐसे प्रोफेशनल तरीके से धर्म बाँच रहा है, जैसे दिल्ली के शकरपुर में कम्प्यूटर कोर्स।

महंतजी से शायद अब कभी नहीं मिलता, पर कालचक्र ने बेंगलूरू में फिर से मिला दिया।

एक बड़े अस्पताल के प्रधान ट्रस्टी थे महंत जी। अस्पताल में कृष्ण की मनोहर मूर्ति। रूस के एक भक्त ने पैसे लगाए और बन गया विशाल अस्पताल।

किस्मत ने ऐसी पटखनी मारी कि मुझे इसी अस्पताल का मुलाजिम बनना पड़ा। पद से तो डॉक्टर था, पर महंतजी का अदना नौकर भी कहना गलत न होगा। मालिक तो वही थे। करोड़ों में खेल रहे थे महंत जी।

धर्म और स्वास्थ्य दोनों ही भारतवर्ष के शीर्ष धंधे कहे जा सकते हैं। इनमें कोई मोल-भाव भी नहीं करता। श्रद्धा और विश्वास से जितनी भी रकम बन पड़े, दे ही देता है। महंत जी की धर्म की लूट मचाते, मैं स्वास्थ्य की।

हर इतवार हस्पताल की छत पर भक्त नृत्य करते। 'हैरी बोल' की गूँज से मन गद्गगद हो जाता।

15

गुंजी का ठाकुर

यूँ तो बाढ़ हमारे जिले दरभंगा में हर साल आती, पर उस साल शहर के शहर डूब गये। सुबह उठ कर चप्पल ढूँढ रहा था, वो कहीं दूर बह गया था। घर में कछुए तैर रहे थे। पलंग भी कुछ ऐसे हल्की-हल्की उछालें ले रहा था, जैसे केरल के बोट-हाउस में लेटे हों।

शाम तक हम विश्व-प्रसिद्ध हो गये। अखबारों से लेकर संसद तक। कभी राजीव गाँधी साहब का हेलिकोप्टर मँडराता, कभी राहत-पैकेट गिराये जाते। हम सब छत पर खड़े लाल-पीले झंडे फहराते, जैसे किसी अनजाने द्वीप पर फँस गये हों। बाढ़ एक उत्सव बन गया था। स्कूल-कॉलेज नौकरियाँ सब बंद।

पिताजी को राहत-बोनस मिली। कंधे तक पानी में सर के ऊपर 'सलोरा' कंपनी की टी.वी. उठाये साक्षात् वासुदेव लग रहे थे। जैसे कृष्ण को टोकरी में लाद नंदग्राम ला रहे हों।

जल ही जल। अथाह चारों तरफ।

कुछ उपनाम इतने मशहूर हो जाते हैं कि असल नाम धीरे धीरे विस्मृत हो जाते हैं। 'ठाकुर' का असली नाम क्या था? याद नहीं। बड़ा दिलदार था। कुछ भी माँगो, कभी मना नहीं करता। पैदाईशी समाजसेवी। तभी तो 'ठाकुर' कहलाता।

किंतु समाजसेवा का कीड़ा बड़ा घातक है। गांधीजी को विलायती सूट-बूट से अर्धनग्न कर लाठी पकड़ा दी। हम-आप क्या चीज हैं?

जब हम अमरीका के सब्जबाग देख रहे थे, 'ठाकुर' अपने पैतृक गाँव वापस जाने की तैयारी में था।

अमरावती जिले का छोटा सा गाँव 'गुंजी'। एक बार 'ठाकुर' के भाई की शादी में गया था, मरघट सा माहौल था। गांधी टोपी पहने किसान, चिलचिलाती धूप और चारों तरफ वीराना। वहाँ जिंदगी तो क्या, एक दिन निकालना मुश्किल था।

सुबह सब शौच को जा रहे थे तो कोई लोटा नहीं। मैनें सोचा जंगल में हो सकता है, कोई कुआँ हो। पानी की कोई और व्यवस्था हो। सबके पीछे हो लिया। छुपकर ऐसे देखने लगा जैसे पहली बार हवाई जहाज में बैठा आदमी आस-पास वालों को देखता है। पहले वो सीट-बेल्ट बांध लें, तो हम भी जुगत लगायें।

ऐसा वीभत्स शौच उसके बाद सीधे अमरीका में देखा। पर वहाँ तो फिर भी कागज के 'टिशू रोल' होते हैं, यहाँ तो लोग जमीन से घास-मिट्टी-पत्थर उठा रगड़ रहे थे। उनकी इस क्रीड़ा से इतनी पीड़ा पहुँची, दिल दहल गया। भला ऐसे गाँव में कोई कैसे रहे?

खैर 'ठाकुर' ने ठान ली थी तो कहाँ मानने वाला था? मैं अमरीका चला गया, ठाकुर अमरावती।

समाज सेवा की शुरूआत ठाकुर ने शौचालय से ही की। गाँव के बीचों-बीच एक 'सेफ्टी टैंक' वाला देशी शौचालय बना डाला। पर 'ठाकुर' को अचानक बंबई जाना पड़ा। टाटा समाज विज्ञान संस्थान में ग्रामीण प्रबंधण विषय पर 6 महीने का कोर्स था।

ठाकुर साहब 6 महीने पश्चात् वापस लौटे तो शौचालय के चारों ओर सूखे फूल बिखरे हुए थे। दरवाजे पर एक घंटा लगा था। जब अंदर जाकर देखा तो ठाकुर ठगा रह गया। कमोड के बीचो-बीच एक शिवलिंग नुमा पत्थर जिसपे फूल चढ़े हुए। शौचालय शिवालय बन गया था।

अब गाँव वालों की क्या गलती? चमकती सनमाइका की योनिनुमा आकृति। दो पदछाप। और पास में नल से जल का प्रवाह। इसमें तो बस शिवलिंग की ही कमी थी।

ठाकुर साहब सर पकड़ कर बैठ गये। अभी-अभी बंबई से पढ़ कर लौटे थे। पहले education (प्रशिक्षण), तभी implementation (कार्यान्वयन)। ठाकुर साहब को आते ही सीधा उदाहरण मिल गया।

अब ठाकुर फूँक-फूँक कर कदम रख रहे थे। अगला चरण जल-संग्रहण था।

गुंजी महाराष्ट्र के सर्वाधिक सूखाग्रस्त इलाकों में था। बाहर टीले पर एक पेड़ था। उसकी टहनियों से एक स्थाई रस्सी लटकी होती, जिसपे लटक किसान आत्महत्या करते। बड़े-बड़े राजनेता उस टीले पर खड़े हो भाषण देते। किसान के परिवार को मुआवजा देते। और सांकेतिक जल अनुदान के तौर पर उस पेड़ को

पानी देते। आत्महत्या का वृक्ष दिनानुदिन फलता-फूलता गया। अब तो आस-पास के गाँवों के किसान भी वहीं आ लटकते।

ठाकुर ने उस ऊँचे टीले के पास ही गाँव वालों की मदद से एक बड़ा गड्ढा खोदा। इस बार उन्हें समझाया कि यहाँ बारिश का जल इकट्ठा होगा। उस गड्ढे से जुड़ता एक और गड्ढा। ऐसे कई टैंक बन गये। बारिश ज्यादा नहीं हुई पर उसकी हर बूँद समेट ली थी गाँव वालों ने। जो जमीनें बेकार थी, वहीं पानी जमा करने का गड्ढा खुद गया। सुखाड़ गाँव में जलाशय ही जलाशय।

गुंजी के खेत भी आखिर लहलहाने लगे।

෧

अमरीका से लौटा तो सोचा 'ठाकुर' साब की खबर ली जाए। अपनी तरक्की के बाद दोस्तों पे रोब झाड़ने का अलग ही मजा है। बस सामने वाला अपने कद से नीचे होना चाहिए।

बाकियों ने तो ठीक-ठाक प्रैक्टिस जमा ली थी। एक ठाकुर ही डॉक्टरी कम, खेती ज्यादा कर रहा था।

गाँव की सूरत ही बदल गई थी। हर घर में शौचालय। किसान तो बिल्कुल टीप-टॉप हो गये थे। 'ठाकुर' साहब का दवाखाना भी चमक-दमक रहा था। टीले के पेड़ के पास हर साल विदर्भ मेला लगता है।

बड़े-बड़े नेता अब भी आते हैं, पर मातम मनाने नहीं, खुशी में शरीक होने।

चाय पे ठाकुर के साथ बैठ ऐसा लगा जैसे अमरीकी राष्ट्रपति के साथ व्हाईट हाउस में बैठा हूँ। ठाकुर अद्भुत् शक्तिशाली था। उसने तो प्रकृति ही बदल दी थी।

मैंनें भी घिघिया कर पूछा,"ठाकुर! इस बाढ़ का भी कुछ इलाज हो तो, तुम्हें अगले मिशन पर ले चलूँ।"

ठाकुर मुस्कुरा दिया.

दोस्तों से खबर मिली है कि ठाकुर आजकल ब्रिटेन के लंकैस्टरशायर में कुछ बाढ़ प्रबंधण कोर्स कर रहे हैं। समाजसेवा सचमुच एक कीड़ा ही है।

16

कल्यान का माफिया

मुझे इस बात का गुमान हमेशा रहा। सैकड़ों दफे सेकंड क्लास बॉगी में सफर किया, पर चप्पल सिर्फ दो बार चोरी हुए। चप्पल सर के नीचे और उँगलियाँ चप्पल की धुरी में फँसी हुई। मजाल है कोई नींद में भी चुरा ले जाए। लोग कहते कि छपरा स्टेशन से चप्पल बचा ले जाना नामुमकिन। खामख्वाह बदनाम करते। ये कहो कि छपरा में चप्पलों के कद्रदान हैं।

गर चप्पल को यूँ ही सीट के नीचे धूल में घिसते छोड़ दो, इज्जत न दो। मिनट दो मिनट में नजर न डालो। तो उठ ही जायेगी। अजी चप्पल है, बीवी थोड़े ही है कि जन्म-जन्मांतर तक साथ निभाये।

अब तो कई रंग-रूप आ गये, पहले बाटा कंपनी थोक में एक ही रंग के हवाई चप्पल बनाती। हनुमान मंदिर के बाहर बाटा के समंदर में अपनी चप्पल पहचाननी मुश्किल। समाजवाद था। जो पहले घंटी बजाकर वापस आये, और अंधेरे में जिस चप्पल में पैर डाल दे वो उसकी।

ये तो कीचड़ में फिसलकर ही चप्पल की उम्र पता लगती। जो जितनी फिसले, वो उतना घिस चुकी होती। नये चप्पलों में पकड़ होती। मतलब चप्पल रूढ़िवादी तो कतई नहीं थे जो अनुभव और पुराने ख्यालों की रट लगाते रहे।

मंदिर तो भगवान का घर था, कोई भी चप्पल पवित्र ही होता। परंतु विद्यालय में तो प्रतिद्वंदिता हावी थी। पहली बार 'पासवर्ड' का प्रयोग चप्पल पे ही किया। धारीदार चाकू से अपने नाम के पहले दो अक्षर और जन्म दिनांक के दो अक्षर चप्पल पर उकेर डाले। क्यूँकि प्रवीण, अमित, विनोद, दिलीप तो थोक के भाव नाम होते। 'यूनिक पासवर्ड' बनाना ही हल था।

अब तो मोची नहीं दिखते, पर चप्पल अपने समय में चलती-फिरती रोजगार योजना थी। कीचड़ भरे रस्तों में चटर-चटर करती हवाई चप्पल की सहन-शक्ति आखिर जवाब देती। रबर की गाँठें अपनी छेदों से फिसलकर बाहर आ जाती। मोची लोहे का तेकुआ लेकर वापस घुसेड़ देता। चप्पल वापस चटर-चटर कर चलने लगती। ये एक प्रतिवर्ती यानी 'रिवर्सिबल' हानि थी।

कभी कभी मामला अधिक गंभीर होता। जैसे चप्पल की धुरी जिसमें पैर का अंगूठा फंसता, टूट जाता। कुछ 'क्वैक' सरीखे लोग जबरदस्ती की शेखी दिखाते। उसमें ड्राइंग पिन घुसेड़ कर सिरे जोड़ देते। वो तो विशेषज्ञ मोची ही थे जो ये मुश्किल ऑपरेशन कर पाते। टूटे रबर के सिरों को सलीके से मिलाकर सूई-धागे से सख्ती से जोड़ना कि अगले 6 महीने बाल भी बाँका न हो। मेडिकल क्षेत्र में इस तरह की शल्य क्रिया फटे आँतों को जोड़ने में काम आती है। हम इसे 'एन्ड टू एन्ड एनास्टामोसिस' कहते हैं और लाखों वसूलते हैं।

ऐसी ही कई शल्यक्रियाएं होती। जैसे घिसे चप्पल की छेद पर चिप्पी लगाना या कभी- कभी पूरा सोल बदलना। अक्सर पूरे सोल बदलने के लिये कोई 'मैचिंग डोनर' जैसे समवयस्क दोस्त की चुराई चप्पल जरूरी होती। सोल चप्पल की आत्मा है। शायद तभी 'सोल' कहलाती। सोल बदलना मेडिकल भाषा में 'हार्ट ट्रांसप्लांट' कह लें।

❧

सालों पहले मुंबई-पुणे के बीच कल्यान जंक्शन का चक्कर कई बार लगाता था। बिहार की ट्रेन वहीं से मिलती। कल्याण से भुसावल, इटारसी, खंडवा, इलाहाबाद, मुगलसराय, छपरा होते हुए पटना। ये सारे स्टेशन इसलिये भी याद हैं क्यूँकि भुसावल में चप्पल पे नजर रखनी होती, इटारसी-खंडवा में चप्पल में पैर फँसाकर बैठना पड़ता, इलाहाबाद और मुगलसराय में चप्पल हाथों से पकड़ रखना होता, और छपरा में तो रग्बी-खिलाड़ी की तरह चप्पल छाती से लगा इधर-उधर नजर रखनी होती।

पर जैसे बड़े टूर्नामेंट से पहले प्रैक्टिस मैच होती है, कल्यान जंक्शन चप्पल बचाने के खेल का प्रैक्टिस ग्राउंड था।

खैर मैं तो इस खेल में निपुण था, कल्याण के प्रतीक्षाकक्ष में छुछुंदर और चूहों की बारात में मशगूल था। इतने मोटे ताजे चूहे या तो यहाँ दिखे, या अमरीका में मेरी प्रयोगशाला में। मोटे से मोटा ब्रीफकेस कुतर दें। स्वदेशी चूहे थे या कॉर्पोरेट लॉबी वाले पता नहीं, पर वी.आई.पी. के सूटकेस नहीं काटते। ऐसे ही एक सज्जन

के सूटकेस में खिड़की बना गये। वो जब तक सदमे से बाहर आते, उनका जूता भी उड़ गया।

सूट-बूट टाई वाले बंगाली भद्र मानुष थे। मोटी ऐनक, तेल से चिपके बाल जो सर के कोने तक जाते ही फन उठा के खड़े हो जाते। किसी बड़े परिवार से लग रहे थे, जो अभी-अभी विदेश से लौटे हों। क्षण भर में नंगे पैर और फटे सूटकेसधारी चिंदीचोर बन गये थे।

"भाई साब! कोई चप्पल की दुकान है आस-पास?" उन्होंने घिघियाते अपने साथ बैठे मुसाफिर से पूछा।

"है तो सही, पर आप के सूट-बूट के साथ चप्पल जाएगा ना?"

"अजी क्या मजाक कर रहे हैं? यहाँ लुटा पड़ा हूँ, आप मैचिंग की सोच रहे हैं?" भद्र-मानुष बोले।

"मैं मजाक नहीं कर रहा। ... ऐ लड़के इधर सुन! ये साहब का साइज देख लो, और एक बढ़िया काले चमड़े के जूते ला दो।" दूसरे मुसाफिर ने प्लैटफार्म पर चाय बेचते एक लड़के को बुलाकर कहा।

कमाल हो गया। उनके लिये बिल्कुल फिट चमकते जूते मिनटों में आ गये। उन्होंने ५ रूपये निकालकर दिये।

"अजी साब! ये कलकत्ता नहीं मुंबई है मुंबई! यहाँ सौ से कम के नोट भिखारी भी नहीं लेते." दूसरे सज्जन ने खिलखिलाते कहा।

कलकत्ता देश का अकेला शहर है जहाँ आज भी अठन्नी यानी ५० पैसे चलते हैं। बस चलते ही नहीं, लड़ाई छिड़ जाती है गर छुट्टे वापस न करो। साम्यवाद यूँ तो भस्म हो गया, पर अपनी छाप यहाँ अनंतकाल के लिये छोड़ गया। भद्र मानुष ने कलेजे पर पत्थर रख सौ का नोट निकाल उस लड़के को दिया।

ट्रेन 8 घंटे बाद थी, तो सोचा कुछ शोध ही कर लूँ। चप्पल-चोरी पर अनुसंधान की इच्छा सालों से थी। चाय वाले लड़के के पीछे लग गया।

कल्याण शायद देश का अकेला स्टेशन है जहाँ सारे महत्वपूर्ण कक्ष प्लैटफार्म नंबर एक पर न होकर बीच के प्लैटफार्म पर हैं। चाय वाले लड़के ने ट्रैक पर छलांग लगाई, और वहाँ से एक नंबर प्लैटफार्म और सीधा सड़क पर। मैं भी उसी तेजी से उछलता कूदता लड़के की जासूसी कर रहा था।

बाहर सड़क पर एक पान की दुकान पे 100 रूपये जमा कर लड़का वापस प्लैटफार्म पर गुम हो गया। अच्छा तो ये पनवाड़ी था उनका सरना? मेरा अनुसंधान इतने झटके से पूरा हो जाएगा, उम्मीद न थी। सोचा कि आखिरी साक्षात्कार हो जाए और थिसीस खत्म हो। पनवाड़ी से एक 'नेवी कट' सिगरेट मांगा, और

सुलगाने लगा। बंबई तो दाऊद का देश है। डॉन की तरह सिगरेट जला कर ही बात छेड़नी होगी।

पान वाले के पास चलती-फिरती भीड़ थी। मुंबई की भीड़ रुक कर साँस नहीं लेती, एक खास गति से हमेशा चलती रहती है। मैंने थोड़ी देर दूकान खाली होने का इंतजार किया, फिर लगा ये सिलसिला नहीं रूकने वाला। और वैसे भी किसी को एक दूसरे को सुनने का न तो शौक था, न वक्त।

पान वाले में ये अद्भुत क्षमता होती है। नीचे पत्ते बिछाना। कत्था लगाते एक सिगरेट निकाल कर देना। अलग-अलग सुपारी-मसाले। सबको छुट्टे देकर मिनटों में विदा करना। और साथ-साथ चप्पल का ये गोरखधंधा और!

"कहाँ है ये चप्पल गोदाम?" मैंने तिरछा देखते धुआँ उड़ाते, सीधा वार किया।

"कोलशेवाड़ी में।" उसने भी पान लगाते निर्विकार रूप से कहा।

"आप ही लीडर हो?"

"अरे नहीं! मैं तो बस, वो क्या कहते हैं...। कलेक्शन-पॉइंट।" पान वाले ने बिहारी लहजे में समझाते हुए कहा।

❧

बम्बई सचमुच ग्लैमर की नगरी है। बाकी के देश से भिन्न। अगर स्टैच्यू ऑफ लिबर्टी भारत आती तो बम्बई के गेटवे ऑफ इंडिया के ठीक सामने लगाई जाती। दिल्ली या कलकत्ता भी कम नहीं, लेकिन भारत का न्यूयॉर्क असल में है मुंबई। छोटे से बड़े धंधों का शहर।

कल्याण जंक्शन से 10 मिनट के फासले पर इतनी रंगीन दुनिया होगी, सपने में भी नहीं सोचा था। चप्पल सम्राट से मेरी पहली और आखिरी मुलाकात एक अंधेरे क्लब में कानभेदी संगीत के बीच हुई। ये चप्पल-चोर तो डांस-बार का राजा था। पनवाड़ी ने साक्षात्कार की बात की, चप्पल सम्राट खुशी से फैल गया। एक सुंदर सी लड़की को मेरी जांघों के ऊपर और बिठा दिया। यूँ तो मैं काफी प्रतिभाशाली थी, पर ये सब कुछ एक तिलिस्म की भांति लग रहा था।

चप्पल चोरी जैसे तुच्छ अपराध से बंबई की ग्लैमरस वैश्यावृति का जुड़ना ऐसा था जैसे भोजपुरी फिल्म ऑस्कर जीत गई हो।

चप्पल सम्राट की माने तो प्रतिदिन दस हजार चप्पल-जूतों का कारोबार था। कल्याण से कुछ दूर उल्लासनगर के एक सिंधी जूते डीलर के पास नये ब्रांडेड जूते-चप्पल भिजवाये जाते, कुछ पुराने जूते दादर और चर्च-गेट निकल जाते, और बाकी झोपड़पट्टी और झुग्गियों में। चप्पल सम्राट इस महान रैकेट के सरगना थे, या

शायद सी.ई.ओ. कहना बेहतर होगा।

सबकुछ संगठित था। बेईमानों के लिए जगह नहीं थी। चप्पल चुराने का बकायदा प्रशिक्षण होता। शायद इटारसी-छपरा से फैकल्टी आते हों। चोरों को सबकुछ समय से मिलता। मासिक वेतन। इंसेंटिव।

"कोहिनूर की चोरी से ज्यादा आसान और फायदेमंद है ये चोरी। और तो और पुलिस में एफ.आई.आर. भी नहीं हुआ आज तक।" सम्राट तन कर बोले।

भला चप्पल चोरी के लिये पुलिस थाने कौन जाएगा? ये तो सचमुच फूल-प्रूफ गुनाह था। थोड़ी देर अपनी कार्यशैली समझाकर चप्पल सम्राट बार-बालाओं के बीच गुम हो गये। मैं ठगा रह गया। जिसे हम पैर की जूती समझते रहे, सम्राट ने उसी को ताज बना लिया था।

शायद इसी दुनिया की परिकल्पना दार्शनिकों ने की थी, जब कोई भी (कु) कर्म छोटा या बड़ा नहीं होगा।

17

कोड़ा वंश

छोटी-छोटी गलियों में सैकड़ों घर। कुछ की एक दिवाल बाहर से पेंट की हुई। कुछ बस ईंटों के ढाँचे, जिनमें नीचे की तरह काई की परतें जम गई थी। कुछ पुराने जीर्ण खपड़ैल झोपड़ेनुमा घर। पुरुष लुंगी में एक दूसरे की छतों से जोर-जोर से वार्तालाप करते। औरतें साथ लगे मकान की खिड़कियों से कभी दही का जोरन तो कभी मुट्ठी भर चीनी आयात-निर्यात करती। बच्चे एक मकान से दूसरे मकान कूद कर गेंद लाने जाते और हर मकान से हुड़की खाते।

इन गलियों से निकल कर थोड़ी चौड़ी सड़क, जिसके दोनों ओर कमर तक चाहर-दीवारी वाले बंगले-नुमा घर। अक्सर इन घरों के बाहर खानदान के किसी प्रतिष्ठित व्यक्ति का नाम लगा होता। "फलाँ भूतपूर्व आई.ए.एस." या "फलाँ निवास"। ये तमन्ना अक्सर होती कि ऐसे ही घर के बाहर कुछ मेरे नाम का बोर्ड लगा हो। बाहर कुर्सी लगाकर चाय की चुस्की के साथ अखबार पढ़ूँ और इस सँकरी मध्यवर्गी गली से जल्द बाहर आऊँ।

ऐसे ही बंगलेनुमा घर में कोड़ा वंश के उत्तराधिकारी कपिल चौधरी जी भी रहते थे।

कोड़ा वंश वैसे तो चौधरियों का परिवार था, पर उसे मुहल्ले वाले कोड़ा परिवार ही कहते। कपिल के परदादा लाला साहब मुजफ्फरपुर में ब्रिटिश सरकार के अदना पुलिस ऑफिसर थे। वैसे इस बात में कितनी सच्चाई है पता नहीं। पर लोग कहते कि खुदीराम बोस जब मजिस्ट्रेट किंग्सफोर्ड के जत्थे पर बम फेंक भाग रहे थे, तो लाला साहब ने ही पूसा रोड स्टेशन की चाय टपड़ी से उनको धर दबोचा। ब्रिटिश सरकार ने उनको कई तगमे दिये। तगड़ी मोटी मूँछे, टाँगों में ऊपर तक चढ़ी हुई विदेशी बूट, और हाथों में 'हंटर' यानी 'कोड़ा'।

लाला साहब अपने तीनों पुत्रों पर भी खूब कोड़े बरसाते। कोई भी अनुशासनहीनता उन्हें बरदाश्त नहीं होती। कोड़ों की मार खा-खा कर बेटे खूब पढ़ते। सबके सब बड़े प्रशासनिक अधिकारी बने। उनके बड़े पुत्र यानी कपिल के दादाजी सुना है और भी खूंखार थे। उन्होंने तो लाला साहब के बुढ़ापे में उनपे भी खूब कोड़े बरसाए। मुहल्ले वाले उनको औरंगजेब बुलाते। खानदान में ऐसे ही खूंखार बाबर से औरंगजेब आते रहे, और कोड़ा वंश फलता-फूलता रहा।

शायद सफलता की सीढ़ीयाँ इन्हीं हंटरों की मार से चढी जा सकती हैं। बाकी का मोहल्ला हर दीवाली में कुछ हल्के-फुल्के वाईट-वाश कराता, चौधरी साहब का घर तो बंगले से महल बन चुका था। परिवार में सब बड़े ओहदे वाले देश-विदेश में। तब तो पुस्तैनी कोठी थी और कपिल के पिता जिला कोर्ट में जज थे तो वहीं रहते। कोड़े मारने में जज साब भी नादिरशाह से कम न थे।

कपिल की मार खाने की प्रैक्टिस इतनी अच्छी थी, कि मोटे से मोटे बेंत झेल जाए और उफ्फ तक न करे। शिक्षकों के हाथ थक जाएँ, पर कपिल मुस्कुराता रहे। चौधरी साहब का पुश्तैनी ब्रिटिश जमाने का कोड़ा भी अब पुराना गया था। रस्सीयों की बलें घिस गई थी। चौधरी साहब भी अधेड़ हो चले थे। हाथों में थरथराहट तो खानदानी थी, अब और बढ़ गई थी। पीटने वाला का हौसला तभी कमजोर हो जाता है जब पिटने वाला गांधी जी की तरह मुस्कुराए। कपिल में कुछ ऐसा ही सत्याग्रही जूनुन था।

ऐसा नहीं कि कोड़ा वंश के लोग रूढ़िवादी थे, बस वो 'हंटर' ही नशीला था। जिसके हाथ आ जाए, उसे ही अपार शक्ति का अहसास होता। या हर पुत्र पिटते समय यह कामना करता कि कब इसकी बागडोर उसके हाथ आए। और ये एक सिद्ध-यंत्र भी था, जिसकी मार खाकर परिवार समृद्ध हुआ था।

पर कपिल 'पिंक फ्लॉयड' के गाने सुनता, साइकिल से कॉन्वेंट की एक लड़की के घर तक पीछा करता, और गिटार भी बजाता। चौधरी साब इन सब हरकतों के लिये किश्तों में मारते। पर कुछ तो ग्रहण लग गया था चौधरी परिवार पर। हंटर का असर खत्म हो रहा था। कपिल सुधरने का नाम ही न ले।

इसी सत्याग्रह के दौरान कपिल से मित्रता हुई। तालाब के पीछे के मैदान में हम क्रिकेट खेलते। मुझे उच्चवर्गीय मित्र मिलने की खुशी थी और कपिल मध्यवर्गीय स्वच्छंदता में झूम रहा था। और तो और, हमने गुमती पार के झोपड़पट्टी गैंग से क्रिकेट मैच भी रख लिया। उनके पास एक से एक तेज गेंदबाज थे, पर कपिल की तकनीक लाजवाब थी। एक एल.बी.डब्ल्यू। पे विवाद हुआ और उनसे तना-तनी हो गई। मैं तो समझौता कराने वाले मृदुभाषियों में थे, कपिल चौधरी बुरी तरह पिट

गये। वहाँ तो जो पिटे सो पिटे, घर आकर चौधरी साहब ने हंटर से पीठ लाल कर दिये।

कपिल की माँ देश के अन्य माताओं की तरह पुत्र-प्रेम में विकल थी। जब भी कपिल को मार पड़ती, उसकी पीठ पर मरहम लगाती।

उधर चौधरी साहब व्यथित थे, इधर कपिल मुहल्ले के प्रमाणित लोफर बनते जा रहे थे। कॉन्वेंट की लड़की के पीछे जाना तो लड़कपन था, लेकिन वो प्रतिष्ठित खान साहब की बेटी निकले तो साइकल घुमा लेना ही बेहतर। जिस गली में भविष्य नहीं, उसमें जाना ही क्यूँ। नुदरत वाकई थी तो खूबसूरत, पर हम अपनी सीमायें जानते थे। कभी आँख उठा के भी नहीं देखा, पीछा करना तो दूर। और इधर कपिल साहब रंगे हाथों लाईट हाउस सिनेमा हॉल में नुदरत के साथ पकड़े गये।

उस शाम मुहल्ले में हमेशा की तरह बिजली गई हुई थी। गलियों में लालटेनों की मद्धिम रोशनी, और चौधरी साहब के जेनरेटर की फटफटी आवाज। अक्सर कपिल के पिटने की थोड़ी-थोड़ी आवाज लाजमी थी, पर उस शाम जेनरेटर की फटफटी में गुम हो गई। वो तो कपिल ने रात को मेरी खिड़की खटखटाई तो आभास हुआ, शायद आज कुछ अलग हुआ है।

चौधरी साहब ने हंटर और गरम लोहे से पूरी पीठ दाग दी थी। खान साहब के गुर्गे तो जान लेने वाले थे। तब तो चौधरी साहब से पुश्तैनी दोस्ती भी थी और कचहरी के चक्कर भी लगते थे, तो बख्श दिया। कपिल की हालत देख मैं तो काँप गया। उन्हें सलाह दी कि अब सुधर जायें, और चौधरी साहब का कहा मानें।

चौधरी साहब ने दो हंटर चौधराईन को भी लगा दिये थे। और यही कपिल के सत्याग्रह का अंत था। कपिल अब इन्कलाबी हो गये थे। जैसे खुदीराम बोस की आत्मा प्रतिशोध लेने आ गई हो।

ये शायद मेरे जीवन की पहली और अंतिम चोरी रही हो, पर ये काकोरी लूट से कम क्रांतिकारी न थी। मैं चुपके से कमरे की पिछली किवाड़ी से निकलकर कपिल के साथ हो लिया। छोटी सी दिवाल थी चौधरी साहब के अहाते की। पहले भी कई बार जामुन बीछने को फांद चुका था। पहले मंजिल पर पूरब की ओर बड़ा सा कमरा चौधरी साहब का। जेनरेटर बंद हो चुका था, और घनघोर अंधेरा।

हंटर ठीक चौधरी साहब के सिरहाने के पास अंधेरे में भी साँप की तरह कुंडली मारे नजर रहा था। ये काम तो वैसे कपिल भी कर सकते थे, पर कुछ नैतिक मजबूरी रही होगी। बिस्तर के पास जाते ही चौधरी साहब के खर्राटे तेज हो गये थे और मेरी धड़कनें। मैंने झट से हंटर उठा ली और भाग पड़ा।

कपिल के कमरे में पिंक फ्लॉयड का गाना बज रहा था। 'अनदर ब्रिक इन द वॉल'। लाला साहब की एक 100 साल पुरानी 'ओल्ड पल्टेनी' व्हिस्की हम पहले भी छुपकर पी चुके थे। दो पेग लगाकर हमने बरामदे पर 'हंटर' का अंतिम-संस्कार कर दिया।

कोड़ा वंश के अंत में मेरी भूमिका सहायक की ही रही, पर आज भी उस कोठी पर जाता हूँ तो एक कप चाय कपिल के साथ जरूर पीता हूँ। लाला साहब और आई.ए.एस. के बोर्ड धुंधले पड़ गये हैं। कपिल अब मुहल्ले के बच्चों को गिटार सिखाते हैं, अंग्रेजी धुनों पर। और कन्वेंट की लड़कियों पर टशन झाड़ने के नुस्खे भी।

18

पंजाब मेल

अक्सर कॉलेजों में छोटे-बड़े कई गुट बनते हैं। कुछ राजनैतिक, कुछ धर्म और जाति के आधार पर, कुछ राज्य और जिलों के आधार पर। कुछ गुट तो ऐसे थे, जिनकी मौजूदगी की खबर अचानक ही चलती। गुड़गाँव में अपनी एक मेघालय की महिला मित्र के साथ मल्टीप्लेक्स घूम रहा था, अचानक वो हाथ पकड़ कोने में ले गई। इसका कोई गलत अर्थ न निकालें, वो किसी ऐसे ही गुट से बचाव कर रही थी। वो मेघालय की 'खासी' जनजाति के किसी खास परिवार से थी, जिनके नियम भी खास थे। हम जैसे आम लोगों की जगह न थी।

उत्तर-पूर्वी जनजातियों को समझना जितना ही मुश्किल है, उतना ही आसान है बिहारी और पंजाबी गुटों को पहचानना। एक आपसी प्रतिद्वंदिता भी रही, और समानता भी। दोनों की भाषा में एक लचक होती, एक में लचरपन तो एक में तेजी। एक स्कूल को 'ईस्कूल' तो दूजा 'अस्कूल' कहता। एक ऊनी स्वेटर पहनते, मफलर बांधते तो दूजे चमड़े की जैकेट और कानों पे पट्टा।

संस्कृतियों का मिलन अक्सर दारू के ठेकों और नशे के अड्डों पर होता। पंजाबी लोग फौजी कैंटीन से तस्करी की गई सस्ती दारू जुगाड़ते तो बिहारी लड़के तांत्रिक-नुमा साधुओं और नेपाली बाबा के तंबूओं से गांजा। आपसी रंजिश हवा हो जाती और सब नशे में मजे लेते। कुछ मेरी तरह 'कबड्डी-कबड्डी' करते अपने पाले में आपस आ गये, कुछ नशे के दलदल में फँसते चले गये।

गोपनीयता के लिये कथानायक का नाम मनप्रीत रखता हूँ। मैं ये नहीं कह रहा कि हर तीसरे पंजाबी का नाम मनप्रीत या जसप्रीत, या हर बिहारी का नाम मनोज या बिनोद होता है। पर नायक की बहन जसप्रीत का होना खास जरूरी है, क्यूँकि एक वैलेन्टाइन का गुलाब कभी मैंने उन्हें दिया था। दोनों ही मेरे अच्छे मित्र रहे,

एक सुंदरता की वजह से तो दूजा नशे की स्टॉक की वजह से। तो मनप्रीत और जसप्रीत। मनप्रीत सिंह और जसप्रीत कौर। अब ठीक है।

ये कोई नई बात नहीं, बहन सुंदर हो तो भाई का ताकतवर होना जरूरी है। और जसप्रीत के तो छह भाई थे। पठानकोट के सारे लोफर किनारे हो जाते। सात भाई बहनों में मनप्रीत और जसप्रीत जुड़वाँ थे। एक ही साथ स्कूल जाते, और नंबर भी एक जैसे। जिंदगी हमेशा के लिये जुड़ सी गई थी। हर कदम पर साथ-साथ। बस मनप्रीत कॉलेज में फिसड्डी रह गए।

मनप्रीत वैसे अपने क्षेत्र में हमेशा अग्रणी थे। जब मैं होली के अवसर पर भांग खाकर सीना चौड़ा करता, मनप्रीत कुछ तिब्बती पहाड़ों से अलग सी चरस ले आये थे जिसे वो 'जोंक' कहते। चाय के बदले 'कोरेक्स' की सीरप और सिगरेट के कागज में गांजा मोड़कर फूंकते। एक बार फेल हुए तो बस होते चले गये। आँखें लाल, चेहरे पे एक अजीब सुस्ती और आवाज में ठहराव। अब तो बाँहें भी कुछ नशीले इंजेक्शन लेकर नीली पड़ गयीं थी।

जसप्रीत से प्रेम की गाड़ी तो फुस्स हो गई, पर मित्रता अच्छी थी। मनप्रीत जब-जब नशे में धुत्त पड़े होते, लादकर कमरे तक जरूर ले आता। मनप्रीत भी अच्छे मित्र थे, तो नशे की बात कभी बहन को भनक भी न पड़ने दी। अंततः, प्रेम के बीज दोस्ताने पर विजयी रहे, और जसप्रीत को सब बताना पड़ा।

"अब पानी सर से ऊपर चला गया जसप्रीत। तुम्हारा भाई नशे के बिना अब जी नहीं सकता।"

"कब से चल रहा है ये सब?" जसप्रीत ने चिंतात्मक मुद्रा में पूछा।

"मेरी नजर में तीन साल से।"

"और तुम मुझे अब बता रहे हो?" जसप्रीत ने मेरे अंतरात्मा को झकझोरा।

मुझे हर उस पुरुष से शिकायत रही, जो प्रेम में बाकी दोस्तों से कन्नी काट लेते हैं। मैं इसी संतुलन बचाने में मारा गया। एक तरफ चरसी मनप्रीत को कवर करता रहा, और साथ-साथ एक-दो कश भी मार लेता। और दूसरी तरफ जसप्रीत से भी रोज चिपक कर गूफ्तगू करता पर नशे की बात गोल कर गया।

हालाँकि नैतिक गोपनीयता के हिसाब से मेरी कोई गलती नहीं थी। मुहल्ले की पान की दुकान से पिता-पुत्र दोनों सिगरेट पीते, दोनों का खाता चलता, पर पान वाले ने कभी एक-दूसरे को हवा भी नहीं लगने दी। यह नशाखोरी की नैतिक गोपनीयता है, और मैं इसे भी अपना धर्म समझता था। वो तो जसप्रीत के कोमल हाथों का स्पर्श हुआ और आँखें कुछ इस तरह मिली, मनप्रीत का भांडा फूट गया।

जुड़वा भाई-बहनों में प्रेम और प्रतिद्वंद्विता शायद दोनों ही साथ-साथ चलते हैं। मनप्रीत मुझ पर आग-बबूला हो गया। मैं अगर देश के प्रधानमंत्री से भी शिकायत करता तो उसे तकलीफ न होती, पर अपनी बहन के नजर में गिरना उसे कबूल न था। जसप्रीत ने भी खूब भाषण दिये, और घर से खालसा सेना भी आ गई। उस दिन के बाद मनप्रीत कभी कॉलेज में नहीं दिखे।

जसप्रीत ने मुझे कभी माफ नहीं किया और हमारी दूरियाँ बढ़ गई। ऐसा नहीं कि कभी नहीं मिलते, पर मनप्रीत की चर्चा फिर कभी नहीं कर पाया, और न ही अपने प्रेम की। इस दुविधा में हमेशा रहा कि मेरी वजह से मनप्रीत के साथ अन्याय हुआ या जसप्रीत के साथ।

तकरीबन दस साल बाद इलाहबाद से गुजर रहा था। यमुना नदी में सिक्के फेंकने की होड़ लगी थी। चलती ट्रेन से फेंके गये सिक्के पुल की रेलिंग से टकराकर वापस लौट आते।

"सबके सिक्के नहीं लेती यमुना मैया। जिसकी श्रद्धा, उसी की पहुँच।" सामने वाले सहयात्री ने इस सिक्कों के खेल पर अपनी कमेंट्री दी।

खेल मजेदार था, मैं भी शरीक हो लिया। जैसे ही सिक्का फेंका, रेलिंग को भेदता सीधा नदी में। पर मैंने कुछ मनोकामना तो की नहीं। ट्रेन अब आगे निकल चुकी थी।

मैंने सहयात्री से पूछा, "यमुना मैया ने सिक्का तो ले लिया, लेकिन मैंने कोई अर्जी नहीं लगाई। मतलब सिक्का फोकट में गया?"

"घबराओ नहीं। सिक्के बरबाद नहीं जाते। कुछ पुराना सेटलमेंट हो जाएगा।" उन्होनें ऐसे आश्वासन दिया जैसे यमुना मैया के बड़ा बाबू यानी 'क्लर्क' हों।

हर सफलता या किसी बड़े फैसले के पहले वैष्णो देवी में माथा टेकने का घरेलू रिवाज है। इस बार जम्मू से वापस आ रहा था, तो पठानकोट स्टेशन उतर गया। और चल पड़ा एक पुराना पश्चाताप करने।

पठानकोट से गुरदासपुर की तरफ का रस्ता और फिर एक कच्चा रस्ता मुझे 'निक्का' गाँव की ओर ले गया, जसप्रीत का पुश्तैनी गाँव। भारत-पाकिस्तान सीमा पर बसा एक छोटा सा कस्बा और गाँव के बीच गुजरती तेज बहाव वाली शीतल रावी नदी।

गाँव पहुँचने के रास्ते में ही छाती चौड़ी हो गई थी। मनप्रीत सिंह के पोस्टर पूरे रास्ते नजर आ रहे थे। कुछ स्थानीय नेता था अपना मनप्रीत। कॉलेज के दिनों में स्टाइल में बाल कटा कर मौना सरदार बन गया था। अब वापस पगड़ी में आ गया।

सिखों में एक खासियत होती है, मेहमानवाजी दिल खोल कर करते हैं। मनप्रीत जिस आत्मीयता से गले मिला, दिल भर आया। ये और बात है, बाल-बच्चेदार होने के बाद भी मेरी आँखें जसप्रीत को ढूँढ रही थी। जैसी उम्मीद थी, जसप्रीत शादी कर कनाडा में सेटल हो गई थी। कभी मनप्रीत ने ही कहा था, पंजाबियों के तीन सपने होते हैं। कनाडा जाना, एनफिल्ड बुलेट खरीदना, और अपनी म्यूजिक विडियो निकालना। वैसे पढ़े लिखे बिहारियों का एक ही सपना होता है, आई. ए. एस. बनना। न बन पाया तो, किसी विभाग में क्लर्क। वो भी नहीं बना तो, दिल्ली में ट्यूशन। उसके नीचे की श्रेणी पान की दुकान है।

मुद्दे की बात आई। मनप्रीत अब नशा तो कम करते हैं, पर नशे के धंधे के सरताज हैं।

रावी नदी की तेज गति की वजह से सीमा पर जाल बिछाना मुश्किल है। यह एक असुरक्षित सीमा का हिस्सा है जहाँ से आवागमन बहुत ही आसान है। पाकिस्तान से गाड़ी के टायरों में 'टिन्ना' भर देते और न्दी में बहा देते। मनप्रीत के गोताखोर मुश्तैदी से माल उठा लेते। 'टिन्ना' कोकीन और हिरोईन का मिश्रण होता जो कि एक घातक और कीमती नशा था। मनप्रीत सिंह अब 'टिन्ना किंग' बने बैठे थे।

मैंने अपने पश्चाताप की बात रखी, "मुझे जसप्रीत से तुम्हारी चुगली करने का मलाल हमेशा रहा।"

मनप्रीत ने मेरे कंधे पर हाथ रख कर कहा, "देख भाई! तुमने जो भी किया, मेरी तो किस्मत खुल गई। नहीं तो तुमलोगों की तरह डॉक्टरी कर रहा होता। यहाँ दवाखानों से ज्यादा मेरे कद्रदार हैं। दवा असर नहीं करती, 'टिन्ना' करती है। वो गाना है न "स्टेयरवे टू हेवैन"...हा हा।"

मनप्रीत 'द टिन्ना किंग' की तरक्की से बड़ी राहत पहुँची। जैसे दिल से एक बोझ उतर गया। जसप्रीत भी अब मोटी आंटी बन गई थी, और गोरे गालों पर धब्बे आ गये थे। अब नशाखोरी से मुझे क्या, पंजाब तो हरा-भरा नजर आ रहा था। सबकी बल्ले-बल्ले थी।

19

मैंगो राजा

खंडूवा महाराज का राज पूरा संगमरमर बेल्ट था, जहाँ संगमरमर की कई छोटे पहाड़ थे। सौ साल से उनके पुरखे संभाल रहे थे। अंग्रेजों के जाते ही एकाधिकार हो गया। पहले दादा महाराज ने सालों तक कमान संभाली। फिर उनकी पुत्री शक्ति देवी। और उनके दो पुत्र विक्रम और चक्रम कमान संभालने वाले थे।

चक्रम को तेज मोटरसाइकल चलाने का शौक। भोपाल के पास एक जापानी कंपनी के साथ मोटरसाईकिल कंपनी भी डाली। एक दिन मैहर देवी से आते वक्त रस्ते में भैंस आ गई। राजकुमार चक्रम वहीं गड्ढे में गिर चल बसे।

उधर राजकुमार विक्रम गोरी ब्याह कर लाए, तो इलाके के ब्राह्मनों ने अपवित्र करार दिया। देसी-विलायती का मुद्दा उठा दिया। शक्ति देवी करे तो करे क्या? परंतु, लोहे की बनी थी शक्ति देवी। ब्राह्मण कुछ भी कहें, गरीबों की मसीहा थी। दादा महाराज जितने ही सुगम महाराज थे, शक्ति देवी उतनी ही कड़क।

खंडूवा के रिटायर्ड स्कूल मास्टर गंगादास ने अलग मुहिम छेड़ दी। शक्ति देवी पर शक्ति के दुरूपयोग का इल्जाम लगा दिया। पूरे खंडूवा में जनता क्रांति आ गई। शक्ति देवी ने काफी सख्ती बरती। जेलबंदी से नसबंदी तक। लोग और भड़क गये। ब्राह्मणों नें भी खूब आग में घी डाला। हर गली से एक नेता उभर रहा था।

महारानी शक्ति देवी का तख्ता पलटने ही वाला था कि तभी जग्गा डाकू ने कुछ पुरानी रंजिश में शक्ति देवी को दिनदहाड़े गोलियों से भून दिया।

कुछ भी कहो, शक्ति देवी के पुरखों ने खंडूवा को पाला था। उनकी मृत्यु से आँसुओं का सैलाब आ गया। विक्रम का राज्याभिषेक हुआ और उनकी मृत्यु के बाद विधवा गोरी मेम को भी सब ने सर पे बिठाया। क्या फर्क पड़ता है विलायती है तो? आखिर दादा महाराज की बहू है।

पर मेमसाब भी अब खंडूवा को समझने लगी थी। ब्राह्मनों का मन रखने के लिए दीवान साब सज्जन सिंह को कुर्सी थमा दी। दीवान साब शक्ति देवी के खास मुलाजिम थे। राज का सारा हिसाब-किताब देखते, और आज तक एक पैसा भी बेईमानी न की। राजा भरत की तरह महाराज विक्रम का विदेशी कूपर्स जूता सिंहासन पर रख राज किया।

कलियुग का रामराज्य था खंडूवा में। पर काशी नरेश और मैंगो राजा ने सब भंडूर कर दिया।

मैंगो राजा का नाम क्यूँ पड़ा, इसकी कई कहानियाँ हैं। पर जो सबसे प्रचलित है, वो ये कि महारानी बाग के सारे आम गुलेल मार-मार तोड़ देते। खुराफात में डिप्लोमा और जनता के चहेते। आम तोड़ते और फिर दीवान साब को जीभ दिखा के चिढ़ाते। कहते जनता का आम है, क्यूँ न तोड़ूँ?

दीवान साब भी बच्चों की शरारत समझ भाव न देते। पर मैंगो राजा अपना भाव बढ़ाते गये। खंडूवा शहर में मवालियों की गैंग बना ली थी। जैसे ही दीवान साब का काफिला शहर से गुजरता, गुलेल लेकर दीवान साब के मंत्रियों पर दे मारते। कहते सब के सब चोर हैं।

बात भी गलत न थी। फलाँ मंत्री ने सतना की आधी जमीन घपच रखी थी, फर्जी नामों पे। हाथियों के टेंडर निकले, सारे हाथी बूढ़े ला दिये। दीवान साब सवारी पर निकले। थोड़ी चढ़ाई क्या आई, बूढा हाथी झेल न सका और चल बसा। तब से दीवान साब राजदूत की मोटरसाइकल से दौरे पर निकलते।

मैंगो राजा भी शातिर निकले। महारानी बाग के आम तोड़ते-तोड़ते अब बाग पे ही कब्जा करने की ठान ली। मोहल्लों में जा-जाकर लोगों को भड़काने लगे। आम का मामला था, सब की जीभ लपलपाने लगी।

खंडूवा शहर के घंटाघर में एक छोटा दरबार लगता। छोटे-मोटे फैसले होते। रामदीन की भैंस चोरी हो गई या गन्नू सेठ के खर्राटों से बस्ती परेशान। मामले छोटे-मोटे ही होते पर घंटाघर की गद्दी पर बैठने का भी राजसी आनंद था। अरसों पहले दादा महाराज वहाँ खड़े होते थे जब महल अंग्रेजों के हाथ में था। इसे सब छोटी गद्दी बुलाते।

अक्सर जनता किसी राजदरबार के खास आदमी को इस गद्दी पर बिठाती। पर इस बार मैंगो राजा उनका चहेता था। गद्दी पर पहुँचते ही मैंगो राजा ने अपने ट्रेडमार्क गुलेल मार कर घंटा बजाया। खंडूवा के सारे आम घंटाघर से जनता के ऊपर गिरा दिये। सारे आम मुफ्त। लूट मच गई। पके आमों का कचूमर बन गया। कच्चे आम टूट गये। सबने मजाक उड़ाया, पर मैंगो राजा की दिलदारी भी कईयों

को पसंद आयी।

मैंगो राजा की औकात शायद घंटाघर तक ही थी। गली के मवालियों से बड़ी जंग नहीं जीती जा सकती।

वैसे भी महारानी बाग पे नजर कई सालों से काशी महाराज की भी थी। कहते हैं खंडूवा के ब्राह्मणों को भी वही भड़काते थे। काशी नरेश की खंडूवा महाराज से खानदानी दुश्मनी थी पर हर वार खाली जाता। मन मसोस कर रह जाते। काशी नरेश अब बूढ़े हो चले थे। खंडूवा आखिरी ख्वाहिश बन कर रह गई थी।

उनमें तो जान नहीं रही पर शायद उनका बाहुबली दद्दन कुछ कर दे।

दद्दन पहलवान काशी के अखाड़ों में तो नाम कर ही चुका था, देश भर में लोग लोहा मानते। खासकर आजमगढ़ के तुर्रम खान को जब धूल चटाई तो सारे देश के हिंदुओं ने हुंकार भरी थी। 'दद्दन! दद्दन!' की गूँज खंडूवा तक भी पहुँची थी।

बस एक कानूनी पेंच थी। काशी विद्वानों की नगरी थी। भला पहलवान को कैसे नरेश बना दें?

शास्त्रार्थ के इंतजाम किये गये। यूँ तो विद्वानों की कमी न थी, पर भला दद्दन से कौन पंगा ले? शास्त्रार्थ में हारते ही पलटकर धोबिया-पाट न दे दे।

एक ही ये खुराफात कर सकता था। खुराफातों का बादशाह। मैंगो राजा। किसी ने हवा भर दी, दद्दन को काशी में हरा कर वो खंडूवा का राजा बन जाएगा। फिर क्या, मैंगो ने भी कमर कस ली और निकल गया काशी।

शास्त्रार्थ शुरू हुआ।

"पुरुषोत्तम कौन है?" मैंगो ने सवाल रखा.

"भगवान राम।" दद्दन तन कर बोले।

"फिर सीता को क्यूँ त्याग दिया?"

"धोबी के कहने पर।" दद्दन ने अपनी ५४ इंच की छाती तानकर कही।

"वो चोरी छुपे धोबी-धोबिन की बातें क्यूँ सुन रहे थे?" मैंगो चिंघाड़ा।

"देखो काशीवालों! ये मैंगो क्या कह रहा है? भगवान राम को चोर!" दद्दन नें जुमला फेंका और सब मैंगो पे टूट पड़े।

दद्दन काशी नरेश तो बने ही, कुछ दिनों में खंडूवा भी जीत ली। पहली बार खंडूवा में कोई बाहुबली आया था। खुशी से झूम उठा खंडूवा।

मैंगो अब भी खंडवा के घंटाघर में बैठते हैं, कभी ऑड दिनों पर कभी ईवेन दिनों पर।

पर महारानी बाग के आम अब सीधे देश भर के बाजार में निकल जाते हैं। मैंगो को कच्चे टिकोले भी नसीब नहीं होते।

20

रंगीला बादशाह

लोकतंत्र में जब कुकुरमुत्तों की तरह पार्टियाँ बन गईं, किसी को बहुमत नहीं मिला। न कोई गठबंधन को तैयार। हर दूसरे महीने चुनाव होने लगे, और वही ड्रामा शुरू। आखिर थक हार कर महामहिम ने संसद में ताला लगवा दिया, और लोकतंत्र बरखास्त कर दी। देश में राजशाही की स्थाप्ना की गई और इसके लिये दस प्रतियोगिताओं के आयोजन किये गए। जो विजयी, वही राजा। रंगीला राजा ने कुश्ती में सबको मात दी, शतरंज में सूरमाओं को हराया, साइकल से आगरा-दिल्ली रेस जीती, काशी में शास्त्रार्थ और बॉर्नवीटा क्विज भी। ऐसे ही कई मुकाबलों में परचम लहराकर दिल्ली की गद्दी पर जा बैठे।

रंगीला राजा अजीब से मनुष्य थे। सुपरमैन की चड्डी पहनकर घूमते थे, और माथे पर स्वास्तिकनुमा टीका करते थे। लंबे बाल और हिटलर वाली छद्म मूँछ। स्वनामधन्य थे रंगीला राजा। महामहिम की शर्तों पर खरे उतरे, तो अब हिंदुस्तान के शहंशाह थे। जो मर्जी पहने, जो मर्जी करें।

रोम के राजाओं की तरह उन्हें गणमान्य लोगों की संसद दी गई, जो मंत्रालय वगैरा सँभालेंगे। पर चलेगी बस रंगीला-राजा की। संसद का पहला सत्र प्रारंभ हुआ। रंगीला राजा बुलेट से पधारे और संसद के लॉन में धूप सेंकने लगे। वहीं कुर्सियाँ लगवाई गईं और राजा साहेब को मुद्दों से अवगत करवाया गया।

"बाकी मुद्दे बाद में। पहले इस कश्मीर को रफा-दफा करिए।"

"राजा साहेब, वो तो आज तक कोई नहीं सुलझा पाया।"

"कल ही घोषणा कर दी जाए। आजाद हैं, जो मरजी करें।"

"क्या कह रहे हैं हजूर?"

"वही जो आप सुन रहे हैं। अगला मुद्दा बताएँ।"

"बाकी तो वही घिसे-पिटे जातिवाद आदि हैं।"

"जातिवाद कड़े तौर पर लागू कर दी जाए। चार वर्ण बना के काम बाँट दी जाए।"

"ये कैसे संभव है? अब तो हर जाति हर कर्म कर रही है।"

"हाँ! तो ऑप्शन दे दीजिये। किसे पूजा-पाठ करना है, किसे बंदूक उठानी है? एक हफ्ते के अंदर फाइनल बता दें। बाद में बदला नहीं जाएगा। और कुछ?"

"इससे तो हम पिछली सदी में लौट जाएँगे।"

"राजा-महाराजा भी तो आ गए। पिछली-अगली छोड़ो। मेरी बात कल तक लागू हो जानी चाहिए।"

कश्मीर अचानक से आजाद हो गया। सेना जश्न मनाती सियाचिन के ग्लेसियर और पूँछ के बीहड़ पहाड़ों से निकल कर जम्मू में सेट हो गई। रंगीला शहंशाह की जय-जयकार करने लगी। बाकी के देश और कश्मीर में खलबली मच गई। खैर, बाकी का देश तो जाति वाली फॉर्म भरने में व्यस्त हो गया, कश्मीर में कोई रणनीति नहीं नजर आ रही थी। पाकिस्तान भी कन्फ्यूज्ड था।

घाटी से पलायन हो रहे थे। भारत-कश्मीर बॉर्डर पर भीड़ जमा हो गई। उधर पाकिस्तान के आतंकवादी संगठन बोरिया-बिस्तर बाँधने लगे। 'कश्मीर हमारा है' के बोर्ड हटा दिए गए। पाकिस्तान की हालत उस बच्चे की तरह हो गई थी, जिसका पसंदीदा खिलौना छीनकर लॉलीपॉप पकड़ा दी गई हो। अब वो रोते-रोते लॉलीपॉप चूस रहा है, और खिलौने को याद कर रहा है।

यहाँ अलग ही अराजकता मची है। वैश्य और दलित काउंटरों में लंबी लाइन लगी है। क्षत्रिय में कुछ मौने सरदार खड़े हो गए हैं। ब्राह्मण काउंटर में कुछ वृद्ध और कुछ गोल-मटोल पंडे।

"अबे छोड़ो भाई! कहाँ धूप में खड़े रहेंगे? चल ब्राह्मण ही बन जाते हैं।" दलित काउंटर से एक अधेड़ की आवाज।

"पूजा-पाठ के लिए संस्कृत सीखनी पड़ेगी। इधर ही खड़े रहो।"

"किसने कहा? पूजा की किताबें आती है। पढ़ डालो। दक्षिणा उठाओ।"

"दक्षिणा न मिली तो भूखे मरोगे। यहाँ बढ़ई, धोबी, खानसामा सभी नौकरियाँ है।"

"तो क्षत्रिय वाले में घुस जाता हूँ।"

"खामखवाह मारे जाओगे। लगे रहो चुपचाप।"

थोड़ी ही देर में भगदड़, छीना-झपटी सब शुरू।

"अरे भाई चतुर्वेदी! काहे इधर घुसे चले आ रहे हो। जाओ अपनी लाइन में।"

"भाई दुकान है मेरी। मैं वैश्य वाली में लगूँगा।"

"और जनेऊ उतार फेंकोगे?"

"ऑर्डर आएगा तो फेंक दूँगा। जनेऊ का क्या है?"

"फिर पीछे लगो! वर्मा-श्रीवास्तव को आगे जाने दो।"

"ये कोई बात नहीं हुई। अब सुना है, एक ही सरनेम मिलेगा हर जात को।"

"रंगीला भी अजीब आदमी है। कश्मीर भी छोड़ दिया।"

"सुना है पाकिस्तान भी नहीं ले रही।"

"न न! उनकी आर्मी घुस चुकी है।"

"जैसे तू घुसा पड़ा है। निकाल सब चतुर्वेदी-दूबे को।"

धक्केबाजी फिर से चालू हो गई। पुलिस ने लाठीचार्ज कर दिया। सब जान बचाकर तितर-बितर हुए। आखिर सब कुछ न कुछ जाति उठाकर चल दिए। एक हफ्ते में रंगीला की मनु-संहिता लागू हो गई।

अब जातियाँ बँट गई तो आरक्षण खत्म। सारे पंडित मंदिरों में मिलते या विद्यालयों में। जिन्होंनें जबरदस्ती जाति उठा ली थी, उनको सरकार की ओर से मुफ्त प्रशिक्षण दिया जाने लगा। कुछ ही दिनों में सब सेट हो गए।

रही बात कश्मीर की, उसमें पाकिस्तान का कब्जा तो हुआ, पर वहाँ बम फिर से फूटने लगे। आतंकवादी तो ठहरे आतंकवादी, उनके लिये क्या जिहाद और क्या कश्मीर? बम फोड़े जाओ बस। बिना मतलब का श्रीनगर के सचिवालय में बम छोड़ कर भाग गए। अब उन्हें कौन समझाए कि भाई कश्मीर को आजाद हुए हफ्ता हो गया।

रंगीला शहंशाह रोज संसद बिठाते और ऐसे ही ताबड़तोड़ अजीबोगरीब निर्णय लेते।

"आज से सबकी वेतन एक कर दो, घंटे के हिसाब से।"

"मतलब बढ़ई भी वही कमाए, जो वकील?"

"अरे वकील तो छोड़ो, टाटा-बिरला भी वही कमाएँगे जो बढ़ई।"

"ये तो साम्यवाद ला रहे हैं हजूर।"

"इससे याद आया। आप लोग 'रंगीलावाद' शब्द पर किताब निकालें। बहुत हो गया साम्यवाद, समाजवाद!"

"सारे प्राइवट अस्पताल और स्कूल सरकारी बना दें। इलाज मुफ्त!"

"सरकारी खजाना खाली हो जाएगा!"

"सबसे टैक्स वसूल करें। जो न दे, गरम ईंट पर धूप में खड़े कर दें। और हाँ! हाई-कोर्ट सुप्रीम कोर्ट का झंझट खत्म करें।"

"मतलब?"

"एक ही बार कचहरी बैठेगी। जितना जोर लगाना है लगा लो। जज साहब ने कह दिया मुजरिम तो फाइनल।"

"लेकिन अपील तो होनी चाहिए।"

"कन्फ्यूजन होगा तो जज माँग लेगें 'सेकंड ओपिनियन' भाई। जब वो पक्के हैं, तो कोई अपील नहीं।"

"अब सजा भी बता दीजिए हजूर।"

"जज साहब जो मरजी करें। फाँसी पर न लटकाएँ। गंगा में डुबा-डुबा कर मारें, ताकि उसके भी पाप धुल जाएँ।"

"वाह! कितना पवित्र मृत्युदंड!"

"चलिये, अब संसद भंग की जाए। और वीकेन्ड मनाया जाए।"

रंगीलावाद के आगमन के बाद हिंदुस्तान सपाट हो गया। जितनी टेढ़ी-मेढ़ी रेखायें थीं, शतरंज के खाने की तरह सीधी हो गई। और रंगीला के ऊँट, घोड़ों, प्यादों से पट गई। फिर भी, साँप-सीढ़ी खेल से तो बेहतर ही थी। पता नहीं, हिंदुस्तान आगे जा रहा था या पीछे, पर रंगीला भारत खुशनुमा जरूर था।

21

मलिन वीर गाथा

जब भारत-पाक विभाजन हुआ तो अक्सर हिंदू इधर भागे, मुस्लिम उधर। पर हिंदुओं का एक वर्ग पाकिस्तान से हिला ही नहीं। आज भी पाकिस्तानी हिंदुओं का एक बड़ा हिस्सा बाल्मिकी समाज है। ये वो समाज है, जे इधर रहें या उधर, काम मल ढोने का ही करता। शायद उन्हें ये लगा हो कि पाकिस्तान छोटा है, कितना मल निकालेंगें? ऊपर से रमजान के महीने में तो भोजन भी कम, मल भी कम। हिंदुस्तान के दस प्रतिशत से ज्यादा मल तो न निकालेंगें। ऊपर से कई झेलम, चिनाब, रावी, सतलज किनारे बैठ जाएँगें। उधर तो एक गंगा है, पर वो पवित्र है। दिन दहाड़े कोई गंगा किनारे शौच नहीं कर सकता। बची यमुना, वो तो चिंदी सी है।

पाकिस्तान में भोजन भी गरिष्ठ है, मसालेदार है। कब्जियत होगी। वहाँ तो सुबह कान पर जनेऊ रख शौच करने वालों की फौज है। हर कोई घर में ब्लड-प्रेशर की दवा रखे न रखे, कायम-चूर्ण टाइप पाचन की गोली जरूर रखता है। कोई अखबार पढ़ पेट हल्का करता है, कोई बादाम दूध पीकर। जब तक खाने के बराबर निकाल न दें, उन्हें चैन नहीं आता।

शौच जीवन का उद्देश्य है, जीजीविषा का मुख्य साधन है। उत्तम शौच से ही मोक्ष की प्राप्ति होगी। असंतुष्ट शौच से तो मृत्यु बेहतर। भगवन् भी तीन वरदान माँगे, तो प्रथम इच्छा कब्जियत मुक्त जीवन की होगी। सात्विक भोजन का अर्थ मन की शांति नहीं, मलद्वार की शांति है। मलद्वार से ही पंचतत्व का उद्गार होता है। क्षिति, जल, पावक, गगन, समीरा। मल ही सृष्टि में अजर-अमर है, यथार्थ है। बाकी सब क्षणभंगुर है, माया है।

किंतु, मल को छूने का अधिकार, इसे ढोने का अधिकार, ये हर मानव को नहीं। कठिन तप करना होता है। गाँधीजी जैसे तपस्वियों और निर्मोहियों को ये सौभाग्य मिला। योगी जो अनवरत प्राणायाम कर सकते हैं, साँस रोक कर हवा में उड़ सकते हैं। ये हम-आप नहीं कर सकते। दो मिनट मल की दुर्गंध सहने की क्षमता नहीं। डॉक्टर भी जब मल-मूत्र की जाँच लिखता है, हाथ-पाँव फूल जाते हैं। नर्स छोटा कटोरा पकड़ाती है, आप शौचालय से खाली हाथ वापस आते हैं। एक पराजित सेनापति की तरह। शर्म से सर झुकाए। चाहो तो सर कलम कर दो, पर ये पौरुष, ये वीरता मुझमें नहीं। कुछ मूत्र लाने में सफल हो भी जाएँ, मल में घुटने टेक देते हैं। जो कर पाया, उसकी वीर गाथाएँ सुनाई जाती है। फलाँ अस्पताल में मल के सैंपल दही की छाँछ में भरकर ले गया था, फलाँ माचिस की डिब्बी में। एक परमवीर चक्र का पात्र, एक वीर चक्र का।

खैर, जब विभाजन के बाद ये समस्या आई कि कोई मल ढूँढने वाला न मिले, तो आपातकालीन बैठक बिठाई गई। मल की चर्चा हो रही है, तो बैठक का विकृत अर्थ न सोचें। ये गणमान्यों की कैबिनट बैठक थी, जो भारतीय संसद के 'ग्रीन रूम' में संचालित हुई।

"प्रधानमंत्री महोदय! वाइसरॉय साहब से कहकर पाकिस्तान में रह गए हिंदुओं को भारत बुलवाया जाए।"

"हाँ! लेकिन ये कार्य कठिन है। वो मिलिट्री दे देंगे, पर बाल्मिकियों को वापस नहीं करेंगे।"

"ये तो लॉटरी लग गई उनकी। ये कैसा विभाजन है, कि हमें बस खोटे सिक्के मिले?"

"सुना है वो भी आना नहीं चाहते।"

"तो हल क्या है?"

"हल ये है कि हम एक विश्व-स्तरीय संस्थान बनाएँगे। इस विधा में दक्षता पाएँगे। आज ही मलद्वार रिसर्च संस्थान की नींव रखी जाए। पंजाब और पूर्वांचल के प्रसिद्ध मलबुद्धियों को आचार्य बनाया जाए।"

"पर छात्र कौन होंगे? ये तो जातीय कला है, हम-आप नहीं कर सकते। गाँधीजी जब सिखाते थे, भागे फिरते थे, याद नहीं?"

"छात्रवृत्ति घोषित की जाए। डीग्री दी जाए। डॉक्टॉरेट दी जाए।"

"जैसी आपकी इच्छा। मेरे विचार से यमुना पार की जमीन ठीक रहेगी। दुर्गंध उधर ही लुप्त हो जाएगी। दिल्ली पर रहम करें हज़ूर।"

"आप यमुना पार बनाएँ या दक्कन ले जाएँ, पर शोध संस्थान के उद्घाटन के लिये पश्चिमी कमोड बनवाएँ। हम सब विलायती हो गए हैं, अब ऊकड़ूँ नहीं बैठा जाता।"

"मैनें इसका हल सोच रखा है। हम बस रिबन काट कर वापस आ जाएँगे। भला प्रधानमंत्री वगैरा भी शौच करते हैं क्या?"

यमुना पार गाजीपुर नामक इलाके में 'मलमूत्र प्रबंधन संस्थान' की स्थापना हुई। छात्रवृति के चक्कर में हजारों छात्रों ने नामांकन कराया, पर महीने भर में सब नाक दबाकर भागे। कुछ निमोनिया से पीड़ीत हुए, कुछ अमोनिया से। कई पागल हो गए, बहकी-बहकी बातें करते। दिमाग मलित हो गया था, गोबरमय। बस वो छात्र रह गए, जिनमें संस्कार थे, खानदानी कौशल था। या जिन्हें पता था, उनका मुकाम यही है। संस्थान के अंदर भी, संस्थान से बाहर भी। यहाँ कम से कम डीग्री नसीब होगी। सम्मान मिलेगा।

धीरे-धीरे देश में फौज तैयार हो गई। मेहतरों की बेहतरी हुई। नाम भी बदल कर 'मैनुअल स्कैवेन्जर' किया गया। अब लगता कि किसी मिशन पर निकले हैं।

देश भी बदल रहा था। सड़कों की नीचे सुरंगें बन रही थी, जहाँ सर पर खदान-मजदूरों की तरह लाइट लगाकर मल इकट्ठा करना होता। कॉन्ट्रैक्ट मिलते। घंटे-घंटे का मोल था। गोताखोरों की तरह एक मैन-होल में छलांग मारो, और मलिन-विकृत दूसरे मैन-होल से अवतरित हो। नौसिखिए तो भटक कर रह जाएँ। पत्नियाँ राज-तिलक कर विदा करती। जंग जीत कर वापस आने वालों को सम्मानित किया जाता। शहीदों को फूल-मालाएँ चढ़ाई जाती।

पर धीरे-धीरे ये उद्योग क्षीण पड़ने लगा। सेफ्टी-टैंक और सुलभ क्रांति ने इन वीरों का जीवन तहस-नहस कर दिया। बटन दबाओ और सब छू-मंतर। एक-एक कर ये मलवीर फ्लश होते चले गए। संस्थान भी बंद कर दिया गया। अब डीग्री हो या डॉक्टॉरेट, शौचालय के बाहरे सिक्के जोड़ो। वीरता और कौशल का कोई मोल ही नहीं। जैसे फाइटर पाइलट को एयरलाइन की बिलिंग में बिठा दिया हो।

कुछ निराश होकर गाँव वापस चले गए, जहाँ आज भी उनके कला की कद्र है। कुछ अमोनिया फ्लेवर का इत्र लिए घूमते हैं। कुछ यूँ ही यमुना में गोते लगाकर मलिन होने का आनंद लेते हैं। कुछ संस्थान की पुरानी इमारत को ढूँढते हैं, जहाँ अब कचड़े का पहाड़ बन गया है। गाजीपुर के कचड़े के ढेर से कौए भगाते हैं। अपना स्वर्णिम इतिहास याद करते हैं।

*आँकड़ों के अनुसार आज भी देश में लगभग १.५ लाख लोग 'मैनुअल स्कैवेन्जर' हैं।

22

वस्त्र-संहिता

विदेशों के स्नानागार में नग्न विचरण की परंपरा है। घंटों सौना में नग्न-वार्तालाप की। अंतरराष्ट्रीय सम्मेलनों में अमरीका-फ्रांस के राष्ट्रपति भी इसी अवस्था में गंभीर मुद्दों पर विमर्श करते होंगें। भारत सुरक्षा परिषद का सदस्य नहीं, इसका एक कारण यह भी संभव है कि सुरक्षा परिषद में तौलिया-धारियों का प्रवेश वर्जित है। आप अगर तन ढकने की चेष्टा कर रहे हैं, मसलन कुछ छिपा रहे हैं। ऐसी प्रजातियाँ सुरक्षा पर प्रश्न-चिन्ह हैं। एयरपोर्टों पर बड़े-बड़े सेलिब्रिटियों का चीर-हरण किया गया। समुद्री बीचों पर बुर्का पहने स्त्रियों को बिकीनी-धारण की आज्ञा दी गई। आपकी नग्नता आपकी शुद्धि का प्रमाणपत्र है। मुझे तो वस्त्र के सिद्धांत में ही दोष नजर आता है। सब नग्न विचरण करेंगें, तो न रहेगा बाँस, न बजेगी बाँसुरी।

एक तर्क ये है कि वस्त्र हमें पशुओं से भिन्न करते हैं। बड़े घरों के पालतू कुत्तों को छोड़, पशु निर्वस्त्र होते हैं। आप मनुष्य इसलिये हैं क्यूँकि आप डेनिम की जींस डालते हैं। परंतु डार्विन के सिद्धांतों में कपड़ों का उल्लेख नहीं। मनुष्य जब तक अफ्रीका में था, नंग-धड़ंग घूमता था। जब बर्फीले देशों और 'आईस-एज' की दुनिया में गया, मृगछाल और बाघछाल पहनने लगा। भगवान शिव भी कैलाश जैसे शीत प्रदेश में बस अधोवस्त्र से काम चलाते थे। पर गरम प्रदेश में तो फिर भी कपड़ों का औचित्य नहीं समझ आता।

औद्योगिक क्रांति और पूँजीवाद से कपड़ों का व्यापार प्रबल हुआ। धोती पर फुलपैंट और कोट हावी हुए। लोग पसीने से तरबतर होते फिर भी मोटा विदेशी जामा पहनते। धीरे-धीरे शरीर को लत लग गई। कपड़े फैशन और स्टैटस सिंबल बन गए। इतिहास यही कहता है कि कपड़े पहनकर आप प्रधानमंत्री तो बन सकते

हैं, पर राष्ट्रपिता नहीं। कपड़े त्यागना ही महानता की मंजिल है। किसी ऋषि-मुनि ने सूट-बूट पहनकर तप नहीं किया।

संभवत: कामोत्तेजना भी कपड़ों के प्रादुर्भाव में सहायक रही हो। नग्न पुरुष या महिला कामुक होते होंगे। कपड़े पहनने से ये उत्तेजना समाप्त हो जाती होगी। जब मुस्लिम शासक देश में आए, तो कपड़ों का अनुपात बढ़ता गया होगा, कामुकता और जनसंख्या घटती गई होगी। इस विचार से बंध्याकरण से अधिक उपयुक्त है कि कपड़े का भार बढ़ा दिया जाए। परंतु साक्ष्य ये भी कहता है कि जनसंख्या कपड़े अधिक पहनने वाले देशों में अधिक है, और नग्न देशों में कम। यह गणित भी समझ से परे है।

अगर सभी देशों की मौसम के हिसाब से वस्त्र संहिता बनाई जाए, तो भारत मूलत: शीतोष्ण या उष्ण प्रदेश है। यहाँ तीन ऋतुएँ बस लंगोट के सहारे काटी जा सकती है। आप चाहें तो विदेशी लंगोट पहनें ब्रांडेड, पर बाकी वस्त्र तो बोझ ही हैं।अधिक-से-अधिक धूप के लिये एक चश्मा, टोपी या पगड़ी डाल लें। ऑफिस की एयर-कंडीशनर और टाई ढीली करने की आवश्यकता नहीं। खुले शरीर से दिमाग भी खुलेगा। सब लंगोट में मीटिंग करेंगे तो देश का भविष्य सँवर जाएगा। जिन्हें थुल-मुल पेट से शर्म आती हो, वो वर्जिश करें या पतला कुर्ता डाल लें। पर आप कुर्ता डाल कर आएँगे, तो लोग आपके शरीर में विकार ढूँढेंगे ही। बेहतर है कि इन विकृतियों से समझौता कर लें, या सुधार। खुले मन से लंगोट में आने की चेष्टा करें।

महिलाओं के वस्त्र-संहिता पर अक्सर विवाद होते हैं। फलाँ वस्त्र अश्लील, और फलाँ सभ्य। पाश्चात्य संस्कृति के प्रभाव के बाद इस पर आम सहमति नहीं बन पा रही। हर साईज के कपड़े पहने जा रहे हैं। परंतु तापमान का भार तो उन पर भी है। गर पुरुष लंगोट में घूमे, तो स्त्री का बनारसी साड़ी पहनने का औचित्य नहीं बनता। बस जो भी हो, समान हो ताकि ये कहने का अवसर न हो कि फलाँ अश्लील है। भारतीयता के संरक्षण के लिये स्वदेशी जूट, खद्दर, कपास, डेनिम कुछ भी है परंतु शरीर के लिये बिकनी को आध-एक इंच बढ़ा दें, वही बहुत है। बलात्कारी प्रवृति को कपड़ों से तौलने पर बहुत पंचायत बैठी पर निष्कर्ष नहीं निकला। इसलिए, उस मुद्दे पर मेरी कोई एक राय नहीं। बलात्कार साँख्यिकी यही कहता है कि हर उम्र और हर वस्त्र की अस्मिता पर प्रहार हुआ है। वस्त्र-संहिता के निर्धारण में इसकी कोई भूमिका नहीं होना चाहिए।

तो लो जी, ये तैयार हो गयी प्रस्तावित वस्त्र-संहिता। स्त्रियों के लिये स्वदेशी बिकनी, और पुरूषों के लिये लंगोट। अब राष्ट्रीय चेतना के लिये आवाहन

आवश्यक है। सर्वदलीय बैठक हो और सर्वसम्मति से 'लंगोट-बिल' पारित की जाए। देश का राष्ट्रीय वस्त्र घोषित किया जाये। राष्ट्रवादी स्वदेशी पर जोर दें, वामपंथी एकरूपता और समाजवादी सामाजिक संतुलन पर। लंगोट हर पैमाने पर खड़ी उतरेगी। देश के बड़े सेलिब्रिटी 'ब्रांड ऐंबेसेडर' बनाकर लंगोट में उतारे जाएँ। लंगोट-यात्रा के द्वारा चतुर्दिश विज्ञापन किया जाए। पूरे देश को अपना लंगोट 'प्रोफाइल' फेसबुक पर डालने कहा जाए। देश में लंगोटवाद की सामूहिक व्युत्पति हो।

मुझे अंदेशा है कि कपड़ा व्यापारी और टेक्सटाइल कंपनियाँ पुरजोर विरोध करेगी। हर मॉल में अधिक से अधिक डिजाइनर लंगोट ही दिखाई देंगे। फैशन और स्टाइल के दलालों पर गाज गिरेगी। पर ऐसा नहीं है। कपड़ा आदमी बदले न बदले, लंगोट जरूर बदलेगा। एक ऑफिस लंगोट, एक घरेलू और एक पार्टी लंगोट। मतलब कपड़ों की खपत कम, बिक्री ज्यादा। और बाकी कपड़ों का शीत प्रदेशों में निर्यात भी तो बढ़ेगा। ये उद्योग के क्षेत्र में भी लंगोट क्रांति होगी।

कुल मिलाकर ये सर्वजनहित और देशोन्नति के क्षेत्र में बड़ा कदम होगा। जब वस्त्र-संहिता पर दिनानुदिन विवाद हो रहे हैं और महिलाएँ निशाने पर हैं, तो इस मसले को समय रहते समाप्त कर ही देना चाहिए।

23

यूनाइटेड कलर्स ऑफ इंडिया

जब अफ्रीका महाद्वीप को भिन्न-भिन्न देशों में बाँटने की योजना बनी, तो बर्लिन में एक सम्मेलन हुआ। ब्रिटिश लोगों को 'स्क्रैंबल' नामक खेल बहुत प्रिय था। 'अक्कड़-बक्कड़ बम्बे-बो' की तरह वो उसे खेलने लगे, और अफ्रीका को बाँटने लगे। कुछ मानचित्रों के विशेषज्ञ भी बिठाए गए। उन्होंनें पहाड़-नदियों के चित्र मानचित्र पर बना दिये। पर आधा अफ्रीका सपाट था, सहारा का रेगिस्तान। कोई भौगोलिक रेखा नहीं थी। उन्होंनें सीधी रेखायें खींच कर कई खाने बने दिया, कहीं सूडान, कहीं नामीबिया, कहीं मॉरीटैनिया लिख डाला। बन गया अफ्रीका। कुछ ऐसे ही उत्तरी अमरीका के वीरान राज्यों को भी बाँटा गया। दरअसल, सिर्फ भौगौलिक सपाटता ही नहीं, यहाँ मनुष्य भी सपाट थे। रेगिस्तान में दूर-दूर तक कोई नजर नहीं आता। कुछ इलाकों में लिलिपुटिया पिग्मी बसते जो दूर से नजर नहीं आते। धर्म-जात का कोई ब्यौरा नहीं। जैसे मरजी बाँट दो।

भारतीय राज्यों को बाँटने में बहुत पापड़ बेलने पड़े। भाषायी आधार तो ठीक है। पर कहाँ महाराष्ट्र खत्म होगा, और कर्नाटक शुरू? कहाँ अचानक लोग मराठी बोलना बंद कर देंगें, उनकी धीमी जीभ फड़फड़ाने लगेगी और कन्नड़ बोलने लगेगी? ये काम अक्सर रातों-रात करना होता। जैसे राज्य बाँटने नहीं, कसाब को लटकाने जा रहे हों। हुबली के लोग जब सुबह उठे तो देखा, किसी बोर्ड पर कुछ लिखा समझ नहीं आ रहा। कहीं फिर से भारत पर फिरंगियों ने कब्जा तो नहीं कर लिया? ये अक्षर अजीब गोल-मटोल कैसे हो गए? शहर का एक व्यापारी जो अक्सर सफर करता, उसने समझाया भाई ये कन्नड़-तेलुगु कुछ है। अखबार पढ़ा

तो समझ आया, कर्नाटक राज्य बना और हुबली अब से कर्नाटक है। ये बस एक उदाहरण है, मुझे उत्तर कन्नडिगा लोगों की अस्मिता पर शक नहीं। पर उन राज्यों का क्या, जहाँ भाषा भी एक थी?

पहले बंगाल में से उन लोगों को छाँटा गया, जो लाख कोशिश कर भी मुँह गोल कर बंगाली नहीं बोल पाए। उस पूरे हिस्से को बिहार बना दिया गया, जिनकी अजीब अपभ्रंस बोलियाँ थी। कोस-कोस पर बदलने वाली। इन्हें भाषायी आधार पर बाँटते, तो हर घर एक राज्य होता। इस खिचड़ी को अपने हाल पर छोड़ दिया गया। दक्खिन से उड़ीसा-बंगाल तो थी ही, पश्चिमी सीमा पर जो राज्य बना वो उत्तर प्रदेश कहलाया।

उत्तर प्रदेश और मध्य प्रदेश। भारत के इन दो प्रदेशों को नीरस नाम मिले। आजादी से पहले भी, आजादी के बाद भी। मध्य प्रदेश पहले 'सेन्ट्रल प्रोविन्स' था और उत्तर प्रदेश 'यूनाइटेड प्रोविंस'। तकनीकी नाम हैं, कोई रस नहीं।

इन दो राज्यों को छोड़ दें तो लगभग हर राज्य के नाम के साथ भाषायी या भौगोलिक अस्मिता जुड़ी है। हिमाचल और मेघालय कितने सुन्दर नाम हैं! और लक्षद्वीप? वाह! नाम हो तो ऐसे। पर उत्तर और मध्य प्रदेश नाम रखने वालों ने कुछ मौलिकता नहीं दिखाई। उत्तर में है तो उत्तर, मध्य में है तो मध्य। खैर, कुछ भी कहिए, एक हिंदुस्तान का दिल है तो एक जिगर। विशाल, विविध और विचित्र।

मध्य प्रदेश तो आजादी के बाद कई बार बच्चों के घरौंदों की तरह तोड़ा-बनाया गया। पहले कुछ छोटे-मोटे राजघरानों को इकट्ठा कर 'सेंट्रल प्रोविंस' से जोड़ा और नागपुर राजधानी बनी। भूपाल के होते नागपुर? यहाँ भी नीरसता विजयी रही। मैं ये नहीं कह रहा कि नागपुर नीरस है, पर भोपाल नवाबों की बस्ती, शायरों का शामियाना। अगर उन्हें लखनऊ मिला, तो इन्हें नागपुर क्यूँ? और नागपुर को बॉम्बे राज्य से तोड़ कर मध्य प्रदेश में धकियाना भी तो गलत था। नागपुर तो जो आई, विदर्भ भी लपेट लिया।

विदर्भ कोई लेना नहीं चाहता। भला हर बरख भी कहीं सूखा देखा है क्या? कोयला है, खनिज है, जंगल है पर एक बूँद पानी नहीं। खैर, आखिर जिसका जो था, उसे मिल गया। विदर्भ-नागपुर की डोली वापस मायके भेज दी गई, और राष्ट्र के अंदर महाराष्ट्र की स्थापना हुई।

मध्यप्रदेश फिर भी जुगाड़ु राज्य ही रहा। कहीं का कुनबा, कहीं का जोड़ा। बुंदेल, मालवा, सिंधिया, मांडू, होलकर, गोंड, भोपाल, ओरछा, रीवा सब कभी अलग-थलग थे। मुझे भय है एक दिन बिग-बैंग की तरह फट न पड़ें! छत्तीसगढ़ तो खैर छिटक ही गया। पर जो भी कहिए, हिंदुस्तान का सबसे शांत राज्य है जहाँ

महाकाल भी भाँग पीकर सोते हैं। छत्तीसगढ़ अलग हुआ तो नक्सल-नुक्सल भी निकल लिए। नर्मदा बचाने वाले भी बम्बई बसते हैं। गर वो कार्बाइड प्लांट न होता, तो मध्य प्रदेश और खुशनुमा होता। पर उस बात को भी अब कुछ दशक हो गए। कुछ दर्द मिले पर हिंदुस्तान का दिल बाघ-बाघ रहा। कान्हा, बाँधवगढ़, पन्ना, सतपुरा। हर जगह बाघ मिलेंगें। एम.पी. गजब है।

दक्खिन बाँटना तो हमेशा से आसान था। मैसूर, मद्रास, हैदराबाद, त्रावणकोर तो बस नाम भर थे। तमिल लोगों को सदियों से पता था कि कहाँ से मलयालम की शुरूआत होगी, और कहाँ से तेलुगु। हल्की-फुल्की छीना-झपटी हुई, पर वो भी कर्नाटक के दाल-भात में मूसलचंद बनने से। मैसूर जब कर्नाटक बना तो उसने कुछ हैदराबाद, कुछ तमिलनाडु, कुछ त्रावणकोर और कुछ महाराष्ट्र से लपेटा। और क्या लपेटा! कुवेम्पु की कविताओं का जादू कहिए, या राजनैतिक पैंतराबाजों का कौशल। कर्नाटक राज्य ने भाषाई इलाकों से परे की जमीन भी काबिज की। कूर्गी, मराठी, कोंकणी, तूलू और तेलुगु भाषी इलाके भी कर्नाटक में भरे पड़े हैं।

राजस्थान, गुजरात, पंजाब, हरियाणा, हिमाचल और कश्मीर। और भी कई राज्य बने, पर इन राज्यों से परे भी एक दुनिया है।

भारत के 'चिकेन-लेग' की दुनिया!

'चिकेन-लेग' को समझने के लिये एक मोटे गत्ते पर भारत का मानचित्र चिपकायें। अब एक कैंची चलाकर नक्शे को काट कर अलग कर लें। इस नक्शे को १० मिनट पानी में छोड़ दें। अब नक्शे को बाहर निकालें। इस प्रयोग को मैनें कई बार किया है। नक्शे का एक हिस्सा या तो अलग हो चुका होता है, या पेंडुलम की तरह लटक कर डोलने लगता है। एक पतला सा भूमिखंड जोड़ता है 'चिकेन-लेग' को भारत से। इस पूरे 'चिकेन-लेग' को मिला-जुला कर उत्तर-पूर्व कहा जाता है।

ये वाकई अलग दुनिया है, जिस दुनिया के कई हिस्से किये गए, फिर भी कई और करने की माँग है। कईयों ने झंडे भी तैयार कर रखे हैं। यहाँ के लोग पूरे भारत में नजर आयेंगें, पर शेष (या मूल) भारत के लोग यहाँ कम ही नजर आयेंगें। बाकी देश रेलवे की लाइनों से पटी पड़ी है, यहाँ हेलिकॉप्टर चलते हैं। उधर हारमोनिया, इधर गिटार। रहन-सहन, भोजन, शौक, संगीत, भाषायें, धर्म, जाति-परंपरा सब भिन्न-भिन्न। चीन इन्हें अपना हिस्सा माने न माने, इन्हें भारतीय अक्सर चीनी कहते हैं। कभी-कभी लगता है हिंदुस्तान का दिल यहीं कहीं बसा है, जो अनवरत धड़क रहा है। एक पतली सी धमनी से जुड़ा है, पर पूरे देश में निर्मोह प्रवाहित हो रहा है। ऊर्जित, अविचल। ये मेडल पर मेडल दिये जा रहे हैं, और बदले में हम शायद कुछ खास नहीं दे रहे।

24

हरीशचंद्र से साक्षात्कार

सत्यवादी एक विलुप्तप्राय प्रजाति है जो संभवत: अब बस राजा रवि वर्मा के पेंटिंग में पायी जाती है। राजा हरिशचंद्र और उनके परिवार का ये चित्र मैनें ड्राईंग रूम से बहुत पहले धकिया कर पूजा-घर में ढकेल दिया। माला चढ़ा दी है, रोज अगरबत्ती दिखाता हूँ। हर दिन वो मुझे देख चित्र से ही मुस्कियाते हैं। मेरी हर रोज उनसे काल्पनिक बहसा-बहसी होती है।

"आप अजीब 'सैडिस्ट' हैं महाराज! आज तो मैं मौन-व्रत पर था, फिर भी मुस्किया रहे हैं।"

"पर फेसबुक पर दो खबरें लाइक की। वो दोनों झूठी थी।"

"महाराज! वो तो मनोरंजन है।"

"मिथ्या में मनोरंजन?"

"अजी, आप सत्यवादी बोरिंग होते हैं। कोई मसाला नहीं, मुँहफट कहीं के!" आज मैनें भी आस्तीनें चढ़ा ली।

"तो फोटो क्यूँ लगा रखी है?"

"वर्मा जी की पेंटिंग है, बड़ी मँहगी है। आपको सच बता दूँ, ऑरिजिनल ये भी नहीं।"

"अच्छा, इसमें भी मिथ्या?"

"ज्यादा मिथ्या-मिथ्या न करो। आपकी भी पोल खोल दूँगा।"

"मैं क्या डरता हूँ? विश्वामित्र भी लोहा मान गए थे?"

"अरे रहने दो! मार्कण्डेय पुराण वालों ने क्या खबर छापी और आत्रेय ब्राह्मण ने क्या? सब पता है। आप राजा, मीडिया आपकी। हो सकता है, मार्कण्डेय आपकी गाते हों। विपक्षी अखबार भी पढ़ी है मैनें?"

"अपने पत्नी-पुत्र सब त्याग दिये। नीच! तुम क्या बकवास कर रहे हो?"

"रिपोर्ट तो ये भी है कि आपकी १०० पत्नियाँ थी, और विश्वामित्र को आपने पैसे के लिये खूब दौड़ाया।"

"बस एक शब्द और कहा तो मेरी-तुम्हारी कट्टी!" हरिश्चंद्र तमतमा गए।

"कहाँ जाओगे? यहाँ दो वक्त अगरबती सूँघते हो। बाकी तो घास भी न दें।"

"मत भूलो कि तुम्हारे गाँधी जी को भी मैं ही रास्ते पर लाया था। मेरा नाटक देख सुधरे थे वो।"

"सब प्रोपोगैन्डा है। नाटक तो हजारों ने देखा, सुधरे बस गाँधी जी! काहे फूल रहे हो खामख्वाह?"

"अरे जाओ! हुर्ररर!"

कल्पना में हरिश्चंद्र को हुरहुराते देख अकचका कर वास्तविकता में आया। कहाँ कलयुग-त्रेतायुग की खिचड़ी बना रहा था?

लेकिन ये बात तो पक्की है, जितने भी महान वक्ता, दार्शनिक, लेखक हुए, सब कल्पना के जीव थे। सब बीस को अस्सी करने में नाहिर। मिथ्या की लजीज शाही सब्जी बनायेंगें, और हींग की तरह एक बूँद सत्य डाल देंगें। ज्यादा डली तो कड़वी बन जाएगी। ज्योतिषियों की तरह गोल-गोल 'हॉलिस्टिक' वचन, जो सभी पर फिट बैठते हों।

"आप बहुत कुछ जीवन में करना चाह रहे हैं, पर कुछ बाधायें हैं।" मेरा हाथ देख ज्योतिषी ने कहा।

ये वाक्य वो सत्य है जो अमरीका के राष्ट्रपति पर भी उतना ही लागू होता है जितना चौक के भगलू पर। मैनें ये जुमला कईयों का हाथ देखकर फेंका, और सब पर निशाने पर बैठा। एक सुंदर महिला का मेट्रो में हाथ पकड़ कर ये वाक्य कहा, वो और करीब आ गई। जैसे बाधाओं से मुक्ति की इच्छा हो या जीवन में बहुत कुछ करने की। किसे नहीं होती?

या किसी नवयुवक से कहिए, "आपके पिता की उम्मीदों पर अब तक आप पूरी तरह खड़े नहीं उतरे।" अकाट्य सत्य है। पिता की उम्मीदों पर न गाँधी जी खड़े उतरे, न उनके पुत्र। ये तो चलिये मर्त्य जीव है, स्पाइडरमैन और सुपरमैन भी इसी कुंठा से ग्रसित रहे।

सत्य की रूपरेखा नहीं बनायी जा सकती। आप 'प्वाइंटवाइज' नहीं कह सकते। खामख्वाह कचहरी में जिरहबाजी होती है। मुझे गीता पर हाथ रख कर ब्रह्मसत्य कहने का औचित्य नजर नहीं आता। इससे बढ़िया 'लाइ-डिटेक्टर' लगा दो, जो हर असत्य पर करंट मारे। मुखबिर कटघरे से निकले तो 'राम नाम सत्य है' की गूँज

के साथ अर्थी पर ही निकले। गीता तो 'कछुआ छाप' मार्का की वो अगरबत्ती है, जिसकी मच्छरों ने सुननी कब की बंद कर दी। आप उस अगरबत्ती को जला कर मन को संतुष्ट करते हैं, और कुछ नहीं। दरअसल डेन्गू-चिकुनगुन्या से आपको दुनिया की बस एक ताकत रक्षा कर सकती है। वो है स्वयं मच्छर! उनके विनाश के चक्रव्यूह बनाने से बेहतर है, उनकी पूजा की जाए। क्षमा-याचना की जाए। मच्छर सत्य है, अगरबत्ती मिथ्या। गर मुखबिर ठान ले कि वो सत्य ही कहेगा तो कोर्ट-कचहरी में वकालत बंद कर सत्संग होंगें। कोर्ट आस्था का मंदिर कहलायेगा। काले कोट के बदले सफेद कुर्ते या भगवा में वकील झाल बजाते नजर आयेंगें। जज साहब हथौड़ी पीटने की बजाय नारियल फोड़ेंगें।

सुना है आज तलाश उन लोगों की है जो सच्ची अफवाहें फैला सकें। हर राजनैतिक पार्टी ऐसी सेना तैयार कर रही है, जो मिथ्यास्त्रों में कुशल है। कई श्रेणी के मिथ्यास्त्र हैं। धार्मिक मिथ्यास्त्र, स्टिंगास्त्र, स्कैन्डेलास्त्र, फोटोशॉपास्त्र इत्यादि। इनके गुरूकुल हैं। दीक्षा दी जाती है। पहले छिटपुट उपकरणों जैसे व्हाट्स-ऐप वगैरा पर परीक्षण होता है। फुस्स हो गये तो अस्त्र नष्ट कर दिये जाते है, और गुरूओं पर गाज गिरती है। सफल रहे तो उनसे युद्ध किया जाता है। कुछ ब्रह्मास्त्र की तरह दबाकर रखे जाते हैं, कि वक्त आने पर प्रहार किये जायेंगें। प्रलय ला देते हैं, एक प्रहार में सरकार स्वाहा!

हरिशचंद्र अगर आज सियासत कर रहे होते, तो रोहिताश्व और विश्वामित्र की मिलीभगत की विडियो घूमती। विपक्ष उनके सत्यवादिता पर प्रश्न उठाता। वो भी चांडालों में वोट-बैंक तलाश रहे होते। वैसे त्रेता-युग में भी स्टिंग-ऑपरेशन तो होते ही थे। साक्षात् राम धोबी के घर स्टिंग कर रहे थे। अफवाहों और स्टिंग की बुनियाद पर भी रामराज्य संभव है, गर राजा मर्यादा पुरषोत्तम हो। जो सत्य की कसौटी पर स्वयं को रख दे। स्वयं कटघरे में खड़ा हो जाए।

खैर, इस अनुसंधान में मुझे हरिशचन्द्र अवतार आखिर मिल ही गए। उन्होंने जीवन में कभी असत्य नहीं कहा। उनके परिवार में भी उनके इस अजीब चरित्र से सभी चिंतित थे। उन्होंने छुटपन में ही अपने पिता को रिश्वत लेते देखा, तो उन्हें जेल की हवा खिलवा दी। मिलिट्री में गए, तो कोर्ट मार्शल कर दिए गए। धर्मपत्नी ने त्याग दिया।

"आप कभी झूठ नहीं बोलते? जी कैसे लेते हैं?" मैनें कौतूहलवश पूछा।

"मुझे भी ये कौशल सीखना है। अजी, मैं तो बरबाद हो गया।"

"कौशल क्या है? बस धड़ाधड़ झूठ बोलते जाइए।"

"और पकड़े गए तो?"

"हल्के-फुल्के झूठों से शुरूआत करें। मसलन कि आप ने कल एक फिल्म देखी, जब कि न देखी हो।"

"गर कहानी पूछ ले?"

"कहानियाँ तो मिल जाती हैं। कई साधन हैं।"

"इतनी मेहनत से बेहतर है कि फिल्म ही न देख लें?"

"चलिए, ये कह डालिए कि आपकी पत्नी बदचलन थी, तभी आपने छोड़ा।"

"पर उन्होनें तो बस इसलिये छोड़ा क्यूँकि मैं उनकी हर सब्जी की आलोचना कर देता था। आप एक बार चख के देखें, उन्हें नमक के अनुपात का कोई ज्ञान नहीं।"

"तो कह देते सब्जी अच्छी बनी है। सभी मिथ्या ही कहते हैं। आप मेरी पत्नी की सब्जी खा के देखें।"

"भाई, झूठ का निवाला मुझसे न निगला जाएगा। बख़्श दो।"

"अब तो पत्नी भी गई और सब्जी भी। खैर, करोगे क्या? कुछ सोचा है?"

"कहीं तो सच की पूछ होगी?"

"कब्रिस्तान जाकर कब्र खोदो। मुर्दों के बीच जीयो।" मैनें मजाक-मजाक में कहा।

सत्यवादी हरिश्चंद्र सुना है कलकत्ता चले गए। कब्र खोदने के उस्ताद बने बैठे हैं।

25

अंगूठा छाप

रामवतार बाबू जमींदारों के खानदान के थे, पर जमीन के नाम पर अब पुरानी हवाली और सामने वाले बथान के अतिरिक्त कुछ नहीं। उनके पिता ने उन्हें पढ़ा-लिखा कर दिल्ली में नौकरी लायक बना दिया, और सारी जमीन बेच-बाच कर उड़ा दी। दिल्ली में रामवतार बाबू कुछ वामपंथी कॉलेज में थे, आकर बची-खुची जो जमीन थी उस पर रामवतार ने ग्राम-दलितों को बसा दिया। ये तो धन्य उनकी पत्नी जिन्होनें आकर कमान सँभाली और बाप-बेटों की नकेल कसी। थी निपट्ट निरक्षर, पर धनाढ्य जमांदारों के घर से थी। बड़े घर की बेटी।

यूँ भी पत्नी का आगमन लक्ष्मी का आगमन है। यानी वामपंथ पर पूँजीवाद की फतह है। रामवतार जी भी अब पाई-पाई जोड़ने लगे। कुछ ही दिनों में पुत्ररत्न का जन्म हुआ, और रामवतार जी की पूँजी पुत्र पर निवेश होने लगी। पुत्र पढ़-लिख कर उच्च शिक्षा के लिये अमेरिका चल दिया। बेटे के विवाह के लिये सैकड़ों रिश्ते आने लगे, और यहीं रामवतार जी की गाड़ी हिचकोले खाने लगी। पुत्र ने शर्त रख दी कि उसे माँ की तरह निरक्षर दुल्हन ही चाहिए। पढ़ी-लिखी दुल्हन घर तबाह कर देती है। टोटका करती है, वू-डू कर वश में कर लेती है। अंगूठा छाप ही असल लक्ष्मी का रूप है। आदर्श पत्नी है।

इक्कीसवीं सदी में अच्छे खानदान में अंगूठा छाप कन्या इश्तेहार देकर भी न मिले। कभी किसी इंजीनियर, तो कभी किसी ग्रैजुएट के रिश्ते आते। रामवतार जी मायूस हो जाते। सबने बेटियों को पढ़ा डाला।

"मेरी बेटी ग्रैजुएट है पर घर का काम-काज खूब जानती है।"

"गर घर ही बिठाना है, तो पढ़ाया क्यूँ?"

"वो तो जमाने की जरूरत देखनी होती है रामवतार जी।"

"कैसी जरूरत? पढ़-लिख कर भी तो रोटियाँ ही बेलनी है।"

"हाँ, पर रोटियों का स्वाद बदल जाता है भाई-साब।"

"मुझे मेरी पत्नी की रोटियाँ खूब भाती हैं, और वो अंगूठा छाप हैं।"

"ग्रेजुएट होती तो रोटियाँ और गोल होती।"

"मतलब गणित से रोटियाँ बनती, फॉर्मूला लगाकर परिधि बनती? क्या बकवास कर रहे हैं आप?"

"बकवास मैं नहीं कर रहा। मिला लो रोटी आज ही। दूध का दूध, पानी का पानी हो जाए।"

"अरे जब रिश्ता ही नहीं करना, तो रोटी प्रतियोगिता क्यूँ करें?"

"पछताओगे आप और आपके साहबजादे! मुझे क्या?"

रिश्ते वाले चल दिए, तो रामवतार जी खाने बैठे।

हर रोटी को बारीकी से देख रहे थे। सारी लगभग गोल थी, पर ऐसी कोई रोटी नहीं थी जिसके परिधि से व्यास को विभाजित करें तो 'पाई' निकले। तीस बरख से वही रोटी खा रहे थे, पर ऐब आज दिखा। हर रोटी में जैसे एक अंगूठे का निशान नजर आ रहा था। धर्मपत्नी को देखकर भावविह्वल हो गए। भला इस बिचारी का क्या दोष? इसे क्या पता 'पाई' और गणित? इसका हथियार बेलन है, कलम नहीं। और क्या पहाड़ टूट गया, गर रोटी गोल न हुई? पर बेटे से एक दफा विचार करने में क्या हर्ज?

"बेटा! आज मैनें कई बिंदुओं पर सोचा और ये निष्कर्ष निकाला कि तुम्हें साक्षर कन्या से ही विवाह करना चाहिए।"

"साक्षर कन्या विषकन्या होती है।"

"तुम अमरीका पहुँच कर भी कैसी बहकी बातें कर रहे हो?"

"सच कह रहा हूँ। और आपने भी तो माँ से विवाह किया।"

"वो जमाना और था, और मैनें रोटियों पर कभी ध्यान नहीं दिया।"

"रोटियाँ? उसका क्या?"

"यह राज तुम्हें भी नहीं पता। मातृ-प्रेम में बह गए। तुम्हारे माँ की रोटियाँ गोल नहीं। कहो तो अभी एक चित्र खींच भेजूँ?"

"बिल्कुल गोल हैं, पृथ्वी की तरह।"

"एक तो पृथ्वी ही पूरी गोल नहीं, दूसरी उनकी रोटी बस उनके चेहरे की तरह गोल है। यही सही उपमा है।"

"रोटी में माँ की मूरत दिखे, उससे बेहतर क्या? अब तो मुझे अंगूठा छाप ही चाहिए।"

बेटे ने फोन काट दिया, और रामवतार जी की नींद उड़ गई। करवटें बदलकर सोने की चेष्टा करने लगे।

क्या हो गया है हिंदुस्तान को? नारी-मुक्ति और नारी-विकास के नाम पर बेटियों को साक्षरता की आग में झोंक रहे हैं। जिधर देखो, नीली स्कर्ट में लड़कियाँ स्कूल जा रही हैं। जींस पहन कर कॉलेज जा रही हैं। वकालत कर रही हैं, डॉक्टरी कर रही हैं, अलाँ-फलाँ नौकरी कर रही है। जो घर बैठी हैं, वो भी सोशल मीडिया पर लिख रही हैं। और ताज्जुब ये है कि सब की रोटियाँ भी गोल निकल रही हैं। अब कहाँ से लायें घोर कलियुग में अंगूठा छाप?

मायूस रामवतार जी पार्क में टहल रहे थे, थक कर बेंच पर बैठ गए और आकाश की तरफ देखने लगे। सूर्य की लालिमा। असीमित प्रकाश। तीव्र उष्णता। और गोल आकार। यथा दृष्टि, तथा रोटी।

"क्या सोच रहे हो रामअवतार जी?" त्रिलोकी बाबू ने टोका। उन्हीं के कॉलोनी के थे और उनके पड़ोसी गाँव के भी।

"क्या करूँ त्रिलोकी बाबू? वही पुत्र विवाह दुविधा।"

"आप भाग्यवान हो कि ऐसा सुपात्र पुत्र मिला। अमरीका जाकर भी आपकी सुनता है।"

"अजी क्या सुनता है? आफत खड़ी कर दी है। कहता है निरक्षर पत्नी चाहिए।"

"निरक्षर? मतलब पूरी अंगूठा छाप?"

"हाँ!"

"रामवतार जी! मेरी तो हिम्मत न होती थी, आपके द्वार नापने की। अब आऊँगा।"

"क्या मतलब?"

"गुड़िया बिल्कुल अंगूठा छाप है। कलम छूते ही करंट लगता है उसे।"

"ये तो कोई बीमारी सी मालूम होती है।"

"हमने भी कई जगह दिखलाया। मेडिकल ले गए। कुछ असर नहीं। अक्षर कीड़े-मकोड़े लगते हैं।"

"हाँ हाँ। 'डिसलेक्सिया' कहते हैं।"

"हाँ वही। पर अब उसके भाग्य खुल गए। आपके घर जाएगी, सुखी रहेगी।"

"देखिए त्रिलोकी बाबू! आप पुराने मित्र हैं। गुड़िया का विवाह मैं ही करवाऊँगा पर अपने पुत्र का विवाह रोगी से कैसे कर दूँ?"

"रोग किसे नहीं है? आपका पुत्र भी तो मानसिक रोगी ही है जिसे पढ़ी-लिखी लड़कियों में ऐब दिखता है।"

"पर गुड़िया की रोटियाँ कैसी होती हैं?"

"स्वादिष्ट। अन्नपूर्णा है मेरी बेटी।"

"और परिधि? मेरा मतलब है, क्या वो गोल होती हैं?"

"अजी ऐसी गोल कि घुमाकर फेंको तो सुदर्शन चक्र की तरह सौ मीटर दूर जा गिरे।"

"तो फिर रिश्ता पक्का समझें। जो अंगूठा छाप होकर गोल रोटी बना सके, वो सौ ग्रैजुएट से बढ़कर है।"

रामवतार जी की मनोकामना आखिर पूर्ण हुई। गुड़िया लक्ष्मी बनकर घर आई। उसकी गोल रोटियाँ खाकर संदेह होता, आखिर ठगे तो नहीं गए। जिस कन्या ने कलम भी न छूआ, भला उसकी रोटी ऐसी अद्भुत गोल कैसे? इस दिल्ली शहर में आखिर एक निरक्षर कन्या कैसे? त्रिलोकी उल्लू बना गया। डिसलेक्सिया की कहानी सुना ग्रैजुएट चेप गया। जरूर उसे बाप-बेटे के पागलपन का अंदेशा था। कॉलोनी का आदमी, और वो भी घरेलू। ये तो लंबी चाल चल गया। अब गुड़िया पूरे दिन सोशल मीडिया पर चटर-चटर करती है। बेटा भी देश आ गया है, रोब झाड़ता है। गुड़िया क्या टॉप का अंग्रेजी बोलती है? नाश्ते में गोल-गोल पैनकेक बनाती है, और रामवतार जी उसमें मुरब्बा लपेट कर खाते हैं।